我最優!!

芙蓉仙傳

竹某人◎著
MO子◎繪

因天地靈氣而生的崑崙女仙，受眾神寵愛。

她個性活潑愛撒嬌，最愛煉丹製藥養靈參，但總是不斷出包、損毀公物，導致負債累累，最後被逼著下凡，以歷練之名工作抵債。

幫助李崇禮渡劫之後，芙蓉除了繼續種人參還債，還接了兼差工作，卻沒想到因此惹上一個大麻煩……

仙界水域水晶宮的六皇子，喜好賺錢和花錢享受，身上時刻流露著高貴的上位者氣質，行事更多的是高傲和霸道，對看不上眼的人連名字都不會記住。

此次因公下凡，遇上前來執行任務的芙蓉，看著芙蓉吃癟，他挺樂在其中；然而，芙蓉硬是不肯稱他一聲大哥，讓他頗為介意。

神秘的妖道分子，實力十分強大，被稱為下任妖王的最佳人選，卻讓妖王相當忌諱。

性格怪異，連身邊的部下也猜不透他在計畫著什麼；行事作風飄忽不定，並不信任身邊的人；對自己有興趣的事物十分執著，比如芙蓉。

雷震子

仙界天宮有名的天將之一，個性大而化之，總是揚著欠揍的笑容，以眾人頭號沙包及理財不善而廣為人知。

因為是旱鴨子，出任務時向水晶宮借了一顆避水珠，但偏偏在行進中弄丟了，結果任務無法完成，正在想辦法把失物找回來，以免要負擔大筆的賠償費。

歲泫

凡人。山中道觀老道士的養子，自小習慣了貧窮的生活，個性十分開朗單純，安於天命，在曲漩城外的山上過著自給自足的修道生活。

雖然生活清貧，但是很有骨氣，絕對不做占人便宜的事。自從遇見芙蓉和潼兒後，更是期許自己要努力修道以成仙。

哪吒

在凡間也是響噹噹的仙人，現在是天宮數一數二行事小心謹慎、待人恭謹有禮的模範天將，並兼雷震子的好友與專業善後人員。

因臉頰上留有一個蓮花圖騰的反骨表現，總是被生父李天王碎唸個不停，最討厭被李老頭威脅關小黑屋。

他是少數從芙蓉小時候就已經冠上哥哥稱謂的仙人。

浮碧

凡間曲漩城郊湖泊的龍王，是該區域司職雨水的仙人，同為敖氏一族的成員。給人感覺斯文、穩重，是個有著謀士味道的武將。因為他沒有在固定的時間向水晶宮聯絡，被發現下落不明。他和水晶宮六殿下敖瀟是至交，但兩人再相見時，敖瀟卻因他的態度而暴走……

東王公

仙界東方蓬萊仙島的主人，居於東華臺，統率紫府以及所有男仙，他的上司是玉皇，並與地府主事者東獄帝君有深厚的關係。沒人能從他淡然的微笑下知道他在想什麼，興趣是無聲的出現在熱鬧場合中，觀看旁人發現他時的反應。對待芙蓉，似乎帶點莫名情感。

潼兒

原是東華臺服侍東王公的仙童，未來紫府的後補勞動力，目前被派到芙蓉身邊，處於侍童、玩伴、出氣筒、好姐妹等等的角色。本以為芙蓉下凡後他能有一段平安日子，但事與願違的被東王公派了下凡，開始他欲哭無淚的凡間生活。

李崇禮

當朝的五皇子，封寧王，卻對皇位沒有執念。

他是宮中發生詛咒事件的受害人之一，因前世積善積德，今世應該享福一世安穩，故助他渡劫被九天玄女說成是簡單任務。

與東王公的樣貌相似。對於芙蓉，則是有說不出口的慕戀。

歐陽子穆

書香世家子弟，有功名在身卻拒絕入仕，待在寧王府輔助好友李崇禮。標準的讀書人，非禮勿視、非禮勿聽的功夫練得爐火純青。

把潼兒當妹妹看待，但態度上卻讓芙蓉不得不想歪。

塗山

修行達千年的九尾狐，外貌姣好妖媚，由於某種原因，長居於後宮賢妃的宮殿中，且十分用心的保護賢妃及李崇禮的安全，在仙界及地府有不錯的人脈。

他毫不排斥化形為女人，似乎還很樂在其中，時常把後宮的宮鬥情節當戲看，有時會作弄看不順眼的後宮妃子。目前喜歡上逗弄芙蓉和調戲潼兒。

目錄

芙蓉仙傳

甜心女仙我最優！！

第一章 我拿自備的毛筆來扳！

這情況對他而言絕對是大懲罰。

哪吒眼觀鼻、鼻觀心，暗自深呼吸了幾口氣，盡力讓自己平靜一點。要是不這樣做，他多年來在天宮經營的嚴謹正直的形象就要功虧一簣。

雖然這面具般的形象毀了就毀了，哪吒本身是不會在意的，也不覺得這是什麼壞事，但換個思考的方向，要是他不戴個面具保護自己，恐怕那姓李的老頭子會第一時間跳出來，小則要哪吒跪著聽他面命耳提，要是哪吒敢露出一絲的厭煩，那麼接下來一定會被關進小黑屋。

所以哪吒現在只能告訴自己千萬要忍耐，只要忍，什麼都能挺過去。

但是再能忍耐，也改變不了哪吒討厭現在身處這個環境的事實。

哪吒待在這裡感覺如坐針氈，他敢保證去天將們辦公的地方走上一圈隨口問問，得到的答案絕對和他一樣——難受！

換了任何一位天將坐在他現在的位子上，都會有一種芒刺在背的不安感！

真難得天宮赫赫有名的哪吒表現得一副坐立不安的樣子，想他小時候已經有膽子把水晶宮三皇子打到半死，闖了大禍也不皺一下眉頭，雖然之後哪吒付出了沉重的代價才擺平這件事，不過單從心情上比較的話，那時候闖了大禍的哪吒也沒有現在這麼不安。

這份不安來自他現在必須負責的工作還有身處的環境，兩者對哪吒而言都是巨大的壓力來源。

案頭工作並不是哪吒的強項，身處一個壓力倍增又不熟悉的工作環境，更是讓他的出錯率大大的提高。像剛才就因為太在意旁邊天官們的說話內容結果手抖了一下，已經謄寫了大半的文件立即多了一道不應該存在的筆劃……而因為這一筆的錯誤，已經寫好的這大半張文件得作廢了，要重頭來過。

呈給玉皇過目以及天宮發出的文書全都不容有失，別說是錯字，就連格式也不能錯。這正是哪吒最怕的地方，所以平日這樣的文書工作他碰也不碰，全交給自己的參謀負責。

正因為如此，長久沒碰文書工作的結果便是讓哪吒重新體會到已經很久沒經歷過的挫敗感。

「卡！」

寧靜的宮殿響起一聲不協調的聲音，正在埋頭工作的天官們不約而同的把視線投向傳出聲音的方向，當他們發現聲音來源正好是宮殿角落那張臨時加放的桌子時，大家一致的在一秒後轉回頭，所有天官都裝作若無其事的埋首自己的工作，連跟坐旁邊位子的人交換八卦也不敢。

他們是想八卦，不過還不想因為八卦而弄丟自己的小命。看看那枝被徒手握斷的毛筆！誰會想被人這樣一分為二！

換了是別的場合看到有仙人表演肉體武技，天官們大概會歡呼著說再來一遍，但現在誰敢朝已經能用一雙怒目殺人的哪吒歡呼？他們又不是嫌命長。

「哪吒，你再毀壞公物，朕就要從你的俸祿裡扣了！」

剛才的聲音自然也傳到宮殿首位的玉皇耳中，從哪吒坐在這裡開始算起，今天已經有好幾枝毛筆遭了殃，再這樣下去，宮殿的預算就得撥一批仙石來緊急添購文房四寶，這樣算是在罰哪吒？還是罰玉皇自己的口袋？

一聽之下哪吒更是內心火冒千丈，差不多是玉皇的話才剛落下，他已經在自己的儲物寶貝中抓了一把毛筆出來以示抗議。哪吒現在的行動配上開始變得壓抑又陰沉的臉色，簡直像在告訴眾人他就是要發脾氣——你不讓我扳天宮的毛筆，我就拿自備的來扳！我扳我高興，小心我扳筆不成換成扳人的手臂！

待在同一個宮殿的天官們頓時感受到生命遭到一定程度的威脅，雖然哪吒一句話也沒說，但所有人都在他的表情中讀出了威脅。他們全都不想被扳斷手臂，自然也不會有笨蛋蠢得插嘴做頭號炮灰的和事佬。

只是為什麼要把一個不善案頭工作的天將調進來？

這個疑問存在於每一個緊張兮兮的天官心中，不過大家都很有分寸，沒有人會向玉皇表達這類好奇心。要是連這些八卦玉皇都得一一回答，就真是沒完沒了了，再好的脾氣也會被煩得爆發的。

宮殿外傳來了一道報時的鐘響。當每一個時辰的報時鐘聲響起時，正在辦公的天官們都會稍事休息一下，這時便是當值仙童們最忙碌的時候。

平時哪吒待在天將當值的宮室較少訂下這般規律的休息時間，因為他們出出入入的次數太多，什麼時候要茶立即喚人就是了。不過玉皇日常辦公的這座宮殿有些例外，即使鐘響了，大部分的天官仍是埋頭苦幹著，魚貫而入的仙童們只是俐落的替所有人換了茶水後就出去了。

今天之前哪吒只是聽聞過此地的忙碌狀態而已，現在親身經歷才知道做不完的卷宗和殺不完的妖魔鬼怪是一樣多的。

把手上的斷筆丟掉、換了一枝新的，哪吒倒是明白再心不甘情不願，自己也得乖乖把手上的工作做好。對於工作，哪吒從不容許自己得過且過，即便是自己最討厭的案頭活也要盡力做到最好，不能給姓李的老頭子逮到任何可以找碴的機會！

哪吒為什麼會討厭這種只要坐著寫寫畫畫就有俸祿的工作？

如果有人敢開口問哪吒這個問題，相信哪吒完全不用思考就能回答是因為他極度討厭小黑屋。

且伴隨小黑屋而來的必然是罰抄，不抄完老頭子就不放人。試問過去遭受過多次這種心理折磨的哪吒，還會愛提筆嗎？

本以為送走雷震子之後，玉皇會命令自己回去值勤，至於處罰，則會等雷震子回來後再議。怎料玉皇竟然命令他待在這裡。哪吒自問自己對這裡的文書工作毫無建樹，讓他寫字完全是事倍功半兼浪費糧食和時間。

只是在天宮為官，第一樣要學的就是不要妄圖猜測玉皇的想法，越猜就越容易陷進一些有的沒有的謎團中，最後會落得一個被耍得團團轉的淒慘下場。

深呼吸了幾口氣，哪吒努力把心裡的焦躁壓下，重新拿起屬於私有財物的毛筆在紙上謄寫他的卷宗。

他一邊寫，天官們突然開始吱吱喳喳的交談，似乎是有什麼新的資料送了進來，所以宮殿裡一下子熱鬧起來。平時哪吒也不是安靜型的，但當自己拿著筆置身其中時，哪吒就覺得這些聲音非常分散注意力。

好不容易謄寫了幾行，在哪吒左手邊的一個天官突然拍著桌子站了起來，只差沒有把來向他報告的另一名天官揪起衣領逼問。

「剛才說什麼了？南邊報告又有地仙被襲擊？不是已經吩咐下去讓地仙們都先集合到各城鎮最大的廟嗎？」

事關凡間妖道事件的發展，哪吒手一抖，大半注意力已經飄到旁邊去了。還沒聽出什麼重點時，宮殿入口又跑來一個托著一堆卷宗的天官，看那人跑得氣喘如牛，大概一直缺少運動。

「報告！東北的快報到了！」

「這個趕快送下去，急件！」

這邊才叫完，那邊又有人呼叫負責送信的，宮殿裡頓時陷入一片忙亂，但首座那位身穿黃袍的大人物已經習慣了，連眉頭都沒有挑起一下。

注意力嚴重分散，哪吒不禁覺得自己的定力還是太嫩了。但他同時很納悶，換了在軍陣中，自己從不會如此分心，果然是因為討厭文書工作吧？

「嘖……」哪吒鬱悶的看著那些天官在桌子和櫃子之間左穿右插，速度和身法其實不差，只是不明白為什麼他們一旦離開了桌子和書櫃，動作就會變得遲鈍起來。

他見過不少在宮殿裡走平路也會摔倒的遲鈍天官，但和眼前的相比又像是兩個世界的仙人似的。這裡的天官不是遲鈍，只是他們離開工作崗位後就像離了水的魚般，這讓哪吒很感興趣，暗自決定沒有鬱死在這裡的話，回去一定要找副將還有參謀好好研究一下這個課題。

「那個……」

就在哪吒因為分心而在紙上又畫上多餘的筆劃時，一名天官戰戰兢兢的來到他的桌前站定，臉上欲言又止。天官一直低著頭不敢正視哪吒，但哪吒卻看到了對方的視線不時看向他謄了一大半結果又因為寫錯字而毫無進度的卷宗上。

「怎麼？」哪吒心裡的確是有滿滿的怨氣，不過他知道對事不對人。對眼前的天官，他努力的放鬆些臉部肌肉，讓自己看上去沒那樣像會吃人。畢竟這天官一臉壯烈的表情，哪吒敢說他一定是抽了下下籤才被推到自己面前的。

這個推測不由得讓哪吒氣得咬牙切齒，想他行事一向小心謹慎，就是誤交雷震子這個損友才落得今天如此田地，現在還被人當成洪水猛獸了！

其實一切都是哪吒誤會了。因為李天王的關係，哪吒習慣在天宮板著一張認真又嚴謹的假臉，多年下來這令人難以接近的氣場才是令這位天官不知所措的原因。

「那個……哪吒大人，大人正在處理的文件因為急用，如果不介意，能否交給下官處理？」那位天官很艱辛的才擠出一句聽上去不至於得罪哪吒的話，無奈公文的確很急，不然他也不想跑來搗蜜蜂窩。

哪吒沒出聲，一雙眼睛只是冷冷的盯著面前的人，盯得對方都出現錯覺以為自己身上是不是有不乾淨的東西附上來了，為什麼哪吒大人要這麼火眼金睛的盯著自己？

冷汗開始從這位天官的額邊滑下，他現在真切的感覺到被不良青年以及天將的瞪視有多大的壓力。再被瞪下去，他的胃就要穿洞了。

「拿去。」

收回視線，哪吒把那份令自己很頭痛的東西一推，那位天官立即高興萬分的接過、退下去了。有人來替自己把麻煩的文書工作做完，哪吒是不會拒絕的，然而不用謄這份卷宗不表示沒有下一份。

所以這對他來說是大懲罰，玉皇金口一開就把他這個出去打仗很在行、回頭窩在案頭做公文很不行的人抓來，美其名是讓他協助處理妖道橫行一事，但實際上是讓他活受罪。

「哪吒。」

首座那邊傳來一聲有點隨便似的叫喚，但哪吒可不敢隨意應對，連忙站起身躬身一禮。

「末將在，玉皇陛下。」

「看來你真的不是當天官的料子呢！」

玉皇從公文堆中抬起頭很遺憾的看了哪吒一眼，這一記包含著同情和可惜的眼神差點讓哪吒當場吐血。

他要是天官的料子，那早在千百年前他就已經撈了個天官的位子坐了，哪還會跑出去打仗！

「反正你現在得空，就把那邊已經處理好的東西送到後面去吧！東王公在那邊等著，過後你就待在他那邊幫忙，東王公讓你做什麼你就做什麼。」

玉皇指了指一堆放在他桌邊的卷宗，哪吒認得這些卷宗都是剛才那些天官一直呼喊著是最新報告的東西，一批一批的送來，已經堆這麼多了。

「末將領命。」

雖然哪吒也不想單獨面對東王公，但能從沉悶的案頭工作解放出來，他還是樂意的。雖然要拿的東西頗多，但哪吒好歹是個久經鍛鍊的武將，摸了個托盤把要搬的東西往上一堆，單手一托，拿得輕鬆又方便。

玉皇口中所謂的後面是指那座借給東王公使用的宮殿，現在那裡除了暫借給東王公之外，還成了針對妖道事件的指揮中心。不過，雖說是指揮中心，其實只有領頭的東王公待在裡面而已。

這次處理妖道的事，玉皇發下了敕令，宣布負責人是東王公。這消息一出，不免在仙人間引起騷動，畢竟東王公一向極少出面負責這類事情，在揣測這安排的深意之餘，有好些滋事分子也在等著看好戲。不少元帥級的天將對負責人這位子本是野心勃勃的，現在全都在東王公手上飲恨了。

至於他們敢不敢給東王公臉色看？當然是不敢了。

※　※　※

哪吒從沒覺得路是這麼的長，只不過是走到相鄰的另一座宮殿，他竟然覺得如同十里長征般漫長，自己的腳步竟然可以這麼重。一想到那座宮殿裡只有東王公一人，哪吒的心情立即沉重起來，如果把東王公和玉皇放在一起，他寧願被玉皇奴役也不想和東王公相對無言。

越過渡殿後，走動的女仙和仙童的數量直線下降，哪吒不自覺的深吸口氣、正了正臉色。基於東王公的要求，宮殿內沒有仙童和女仙當值，自然也不會有人在殿門前負責通報的工作。

哪吒捧著放滿卷宗的托盤走進宮殿，前殿、偏殿都靜悄悄的沒有人，東王公應該是待在最裡面。殿內的走道兩邊牆上是一整片的花鳥雕花鏤空架子，透光的部分鑲嵌了七彩琉璃，雖然很漂亮，但哪吒沒有餘裕仔細研究光線到底是用法術維持還是用獨特的方法折射了自然光。不過，他不得不同意這條七彩琉璃走廊的確十分華美。

哪吒的靴子在走道上敲出了規律的聲音，幸好宮殿的格局都是類似的，即使沒人帶路，哪吒轉幾個彎也走到了這宮殿最裡面的殿堂。

他一來，那扇緊閉的大門剛好緩緩打開，待在裡面那位穿著九色雲袍、正在看卷宗的大人轉過頭來，好像預知哪吒會在這一刻到來似的。

位於每一座宮殿中最深處的房間，其四周都沒有窗，這裡也不例外。從門口開始，房間內掛著一層層的紗帳，沒放置用來辦公的案桌，倒是有給人休息用的軟榻等等，哪吒心想玉皇累了時就會來這裡稍事休息吧？

現在使用宮殿的人不同，令這裡給人的感覺也變了個樣子。此時，房間正中央放著一面差不多半人高的銅鏡，鏡面平滑，映照出來的影像沒有一絲失真。

哪吒疑惑的看著這面巨大的鏡子，心想原本這裡有這面鏡子嗎？他一走神，連面見東王公該行的禮儀都忘記了。

「東西很重吧？放在那邊就可以了。」

身邊有一個個小光球圍著轉的東王公也沒在意哪吒的失禮，只是指示對方把東西放下，但這一個動作同樣令哪吒愣住了。

東王公指示哪吒放下卷宗的地方掛了一幅巨大的地圖，上面有好些地方沾附著小光球，哪吒對這些地方都有印象，因為剛剛他就聽過那些天官喊著這些地方送了報告來，接著哪吒發現除了今次他帶來的一批卷宗之外，地圖的旁邊早已經堆了很多卷宗。

難道東王公把報告上所有的地點都標在地圖上了嗎？他到底是怎樣抽時間把卷宗全看了一遍？哪吒一邊放下手上的東西、一邊咋舌，換了是他，看上三天三夜也無法看完吧？更別說要抓重點標在地圖上了，這完全是一項巨大的工程。

玉皇讓他過來幫忙，不是認為他可以在這方面幫得上忙吧？

這麼一想，哪吒的臉色開始變綠了。

「辛苦你了，玉皇那邊的案頭工作很枯燥吧？」東王公隨手點了點，一份新的卷宗立即飛到他的面前打開，他看了看，然後又換下一份。替換的期間，圍在他身邊的小光球一個個按照順序的飄到地圖上停下。

哪吒看得嘆為觀止，連回話也都忘了。他沒想到文書的整理工作竟然可以用這種方法處理。

東王公抽空瞄了哪吒一眼。「如果來紫府工作的話，這樣的技巧也不是不能學會的。」

他的話聽在哪吒耳裡就像是地府的呼喚一樣，雖然天宮和東華臺上的紫府負責的工作不同，但所有仙人都知道兩者全是以煩人又大量的文書工作為主，他要是昏了頭跑去試工無疑是自殺行為，不用一個月，他的腦袋大概會因為負擔過大而變成渣渣。

放好東西後，哪吒也不知道自己能做些什麼，偏偏玉皇說了讓他待在這邊，他只好等東王公忙完手邊的工作再抽空安排自己。

連半炷香都還未燒完，東王公已經翻閱了所有卷宗，包括哪吒剛剛送過來的。當地圖上差不多有大半的範圍被小光球依附著後，哪吒這時候才對事態有了真切的實感。

原來妖道帶來的事件已經多到這個程度！

哪吒不禁心驚了一下，他的注意力因為雷震子和芙蓉的緣故集中在曲漩城，想不到其他地方的妖道一樣猖獗，只是受害程度較輕罷了。

此等規模說明妖道已經不把仙界天宮放在眼內，身為天將之一的哪吒不由得感到心裡有一團怒火開始燃燒。仙界再沒有動作，這些妖道不就以為他們是長得像老虎的貓咪，準備要欺負到他們頭上來了？

東王公一直留意著哪吒的反應，當哪吒渾身開始冒出殺氣後，他不由得苦笑了一下。難怪玉皇要幫著打壓九天玄女來抑制好戰派的氣焰，若是這幅地圖放在大殿展示，那些好戰分子一看到，肯定每一個都會掄起衣袖吵著要開打；不只他們，連那些溫和派也會爭先恐後跳出來高喊必須殺雞儆猴了。

玉皇不希望和妖道打起來自然有當中的緣由，這次讓東王公擔當負責人正是基於這個原因。不把三位天尊計算在內，現在除了玉皇擁有可以看穿凡間一切前因後果的寶鏡之外，就只剩東王公擁有相似的寶貝了。

東華臺主殿有一池能窺視過去和現在的池水，而玉皇則擁有映照世事的映世鏡，這兩大巨頭透過這些寶貝知道事情當中的蹊蹺所以能冷靜應對，但換了別人就不是這樣了，也難以一一解釋。

「哪吒，你看妖道到底是有著什麼打算？」

「他們找死。」哪吒一臉冷厲的看著地圖上的每一個角落，換了是他主事的話，根本不可能容忍這些光球累積到三分之一的數量吧？也真虧玉皇能忍到現在。

「想必你現在心裡一定是在想，為什麼玉皇會容忍事態發展到這地步。」東王公緩步走到躺椅那邊坐下，手上不知在什麼時候多了一個茶杯。

「還請東君明示。」

東王公只是動了一下眼色，地圖上有八成以上的小光球頓時變成另一種顏色，同時在某一個地點上的小光球更變成了紅色。哪吒驚愕的看著紅光球標示的地點，上面赫然寫著「曲漩」二字。

「東君！這……」

「有大半的事件是在曲漩出現了異象後才陸續被發現的，就是地圖上變了色的那些。」

「怎麼會！」哪吒的神情難掩驚訝，但很快他就恢復了冷靜，腦海中把東王公說過的話配合眼前的地圖、還有現在知道的情報，快速的綜合分析了一遍。

的確，妖道橫行之事在天宮鬧得沸沸揚揚是從水晶宮向天宮匯報管理曲漩一帶水脈的龍王下落不明開始，正因為出了如此大事，各地才開始認真的把發生的大小事回報天宮，結果一下子多出了大量的報告。

哪吒發現，地圖上大半年前在京城由女妖姬英引發的事件也被標示出來，這一起在大部分仙人的眼中一直都是獨立發生的事件，原來也是一連串事件中的一環嗎？

曲漩那裡難道有什麼特別不同的嗎？

這個疑問在哪吒的心底浮起。但和大部分的仙人一樣，哪吒對整個事態的掌握十分片面，單憑

自己所知道的情況，實在整理不出事情的前因後果。

「曲漩現在有一位在妖道中算是舉足輕重的人物。」東王公喝了口茶，然後放下了茶杯、抬了抬手，那面巨大的鏡子隨即轉了過來，讓鏡面朝向哪吒。

「難道是……」哪吒從自己知道的妖道人物中篩選了一遍，能讓東王公說出是舉足輕重的人物實在不多，太容易猜了。

「看來哪吒你已經知道那是誰了。」

「如果東君說的是那人的話，末將聽說過。曲漩的事的確像是他的行事作風，但卻讓人覺得內裡另有文章。」

天將和妖道的大人物之間自然不會完全沒有交集，一些處於重要位置的妖道都有一身強大的實力，雙方交手也不一定誰能留下誰來；即使沒有親身交過手，靠同僚間交換的情報也足夠瞭解了。

哪吒也是，雖然沒見過真人，但他早已聽過對方的傳聞。

「果然是天宮資深的武將，一點即通。」

「東君過譽了。」哪吒心一驚，東王公這一句稱讚怎麼聽得他打從心底毛起來？明明這房間一扇窗也沒有，但四周掛著的紗帳卻無風自動的飄動著，哪吒不禁有種這裡在鬧鬼的感覺。

東王公到底打算做什麼？

「哪吒，想要親眼看看嗎？」

「欸？」

這樣的回答是很沒禮貌，但哪吒已經做不出別的反應了。東王公剛剛說了什麼？什麼叫要不要親眼看看？怎麼看？

「像這樣。」東王公說完，巨大的鏡面開始浮現出一片片的鏡像。

第二章 妖道、出賣、背叛……

被仙界稱為妖道的一眾妖魔鬼怪看似是有組織的大規模行動，但事實上，妖道內部的競爭也非常激烈，在妖王之下除了第二把交椅的參謀，其餘幹部成員的替換速度有時快得連仙界也來不及記錄便已換過一批又一批。

妖道的地位是用實力來排行的，俗一點來說就是拳頭越大、地位越高。反觀有頭腦可是實力只屬一般的就要好好挑選跟隨的頭目，運氣好、沒看錯人也能在妖道中撈一個高位坐坐，裝腔作勢的指使別人。

妖道的組織毫不嚴密，沒有分工，只是一堆看似同樣對仙界看不順眼的妖怪聚在一起而已。在一些存在上千年的大妖眼中，妖道一眾就像是孩童玩家家酒般的兒戲。這些大妖們很清楚仙界的實力，仙界不主動找他們麻煩就該燒三炷高香了，實在沒必要刺激仙界，還主動送藉口給對方發兵討伐自己。

妖道一眾喜歡踢鐵板，大妖們沒好心腸去阻攔，反正既攔不了、對方又不會領情，自己插手只會吃力不討好。所以對於這種自殺行為，大妖們全都睜隻眼、閉隻眼，裝作不知道，既不支持也不反對。

被妖道一眾成員擁護出來的頭目稱為妖王，雖被冠上一個王字，但沒加入妖道的山精妖怪們可不承認這位是自己的王，最多只是一群滋事分子的首領而已。

對仙界而言，他們就只是一群滋事分子，定期跳出來提醒仙界這世上還有他們的存在；而他們每次失敗退場時，一些冷眼旁觀過著隱居生活的山精妖怪都會說他們是一群擾亂大眾安樂生活的白痴和笨蛋。

現任的妖王坐在這個位置已有一段很長的時間了，在他的領導下，也不是第一次對仙界做出各種挑釁行為。但比起以前，這一次他卻特別留心。每當親信把消息報告上來時，他心裡就會多了一分底氣。

每一件微小事件的成功對他而言都十分重要，他就是靠著累積這些小小的成功來達成目的。每一件事，妖王都希望是他掌握的那樣。

本來計畫進行得好好的，至少達成了一半的目的，但妖道一眾果然是不被上天眷顧的，事情突然出現一百八十度的轉變，脫離了妖王的控制，而且是一下子演變成一發不可收拾的程度。

他們的初期計畫是從一些散仙或地仙手上收集仙界的寶貝，為此在搶奪過程中動點粗，妖王認為無可厚非。把得來的東西煉化，引發京城的事件是計畫的第二部分。再接下來，妖王原本要好好的進行栽贓，但妖王絕對沒有打算要襲擊仙界在凡間的據點，而且還好死不死的挑了一座龍宮屠個精光！

隨便抓個地仙宰了也還解釋得過去，就說打劫時重手打死了，但偏偏是一座龍宮！水晶宮那群姓敖的除了愛錢之外，還是出了名的護短，動了他們的族人，接下來妖道一眾就只有吃不完兜著走的分了。

而且一個搞不好，仙界就會派大軍把他們統統剿殺！

這一環節出了這等重大差錯，等於把妖王辛辛苦苦暗地經營良久的計畫毀掉一大半。

如果不是得維持妖王形象，不能表現出焦慮不安的樣子，妖王其實很想走下寶座踱步走走，好定下自己凌亂的心情，但若是這樣做，他就什麼面子都沒了。

「九鱗還是什麼回音也沒有嗎？」

咬了咬唇，即使想盡辦法叫自己冷靜，但妖王始終無法擺脫仙界即將舉兵殲滅自己的陰霾。

形勢變成這樣絕對不是他的錯！

妖王和一般人有著同樣的思考模式，在事情的失敗上往往不是先檢討自己的錯處，而是先把責任諉過他人。

「是的。」妖王座下的第二把交椅勾宇同樣心情鬱悶的回答。

妖王表現得很焦躁，他又何嘗不是處於焦頭爛額的狀況？

他作為參謀，和妖王一起合謀了今次的事件，一直以來事情都按他的心思發展，眼看只要再延續一下就快成事時卻變成這樣，他的心情比妖王更加鬱悶。

是不是他們的計畫已經被看穿了？不然對方為什麼連個招呼也沒打就屠了一座龍宮？

雖然這一點並沒有太過影響自己和妖王打算栽贓的部分，但是屠殺龍宮的行為已經和他們往常進行的擾敵搶劫不同，那是直接升級成開戰的鐘響！那些早就磨拳擦掌好久的天兵天將，這次不蜂擁而出把他們一網打盡就怪了。

「到底是怎麼搞的！」妖王忍不住咒罵起來。

這句話到底是在罵事態脫離掌控？還是在罵派出去的眼線沒報告？外人就不得而知了。他只是在發洩自己的不安，比起仙界的追究和討伐，妖王更怕另一件事情發生。

妖王的失態看在勾宇眼中是完全失去信心的表現，他能明白妖王的煩惱，他們現在成了被動的一方，只能坐以待斃的等待仙界行動再來應對，這一切都是因為某人的獨行獨斷而導致的惡果，但他們再不滿也不可能主動把人交給仙界，要是這樣做了，妖道一眾將不會再信任勾結仙界、出賣同伴的人當首領。

但為什麼他會突然這樣做?是不是因為他知道什麼了?勾宇不由得生出很多臆測。

赤霞這個人物是連身為第二把交椅的勾宇也沒能完全摸清底細的存在，勾宇只知道論實力，赤霞不比妖王弱，甚至他覺得兩者真正打起來，恐怕妖王也只能甘拜下風。

正因為這強大的實力，赤霞在妖道一眾中是公認的後起之秀，所有人都沒異議的認定赤霞將會是下任妖王。這一種默認觸怒了現任妖王，他還活得好端端的，下面的人卻已經給他找了繼任者，這不是在詛咒他快快被仙界滅了嗎?

要是赤霞的個性謙遜些、頭腦簡單點也就算了，偏偏赤霞聰明又擁有極高的行動力，連勾宇都不得不認同赤霞是同伴是一件好事。萬一赤霞變成敵人，則是極度難纏的對手，因為連身為參謀的他也時常猜不透赤霞在想什麼。

妖王和勾宇已經小心的在赤霞身邊派了眼線，只是這傢伙根本沒得到赤霞重用，什麼東西都打探不出來，現在也一樣搞不清楚赤霞突然動手屠了龍宮的原因。

九鱗會不會已經折服在赤霞的實力之下?

妖王派九鱗去監視赤霞一事，勾宇是反對的，他們的親信中大有比九鱗合適的人選在，勾宇實在不想放一個有潛在背叛風險的人在赤霞身邊，萬一九鱗倒戈就不好了。要是沒有京城那計畫，九麟或許能信任，但現在萬一讓九麟知道那次事件的真相，恐怕即使赤霞不需要九麟倒戈，九麟也會毫不猶豫的站在赤霞的陣營中。

該不會……

「妖王大人，該不會是九麟已經……」

勾宇一提起九麟，妖王的臉色就變得十分難看，原本煩躁不安的情緒好像被刺激得更深了，連眼睛都充血變紅了。

「你是說赤霞已經殺了他？」

「不！如果赤霞真的把九麟殺了還好，就只怕……」勾宇不再說下去，他發現事情怎樣都有一種說不通的感覺。

九麟這個眼線是生是死根本不是重點，即使赤霞把他剁成肉醬也只是幫妖王了卻一件心事，絕不會對計畫有任何的影響。但勾宇不知道怎樣解釋才好，他非常擔心九麟和赤霞狼狽為奸，反過來將他們一軍。

妖道之間，出賣和背叛是平常事，但勾宇不希望這類事情現在發生在妖王身上，更不希望因為這個原因而動搖了妖王的地位。因為他倚仗的就是妖王，沒了妖王的重用，勾宇又會變回眾多妖怪中不起眼的一個。嘗試過一人之下的感覺，勾宇可不想回去當一個沒人瞧得起的普通妖怪。

赤霞在妖道一眾心中已經成為妖王最有力的接班人，除了妖王的心腹之外，這種說法早已有妖道宣之於口，再拖下去，越來越多的妖道支持赤霞的話，那他取而代之成為新任妖王的時刻恐怕不遠了。

人不為己，天誅地滅！

勾宇是支持寧死道友、不死貧道的典型。

作為妖道，自私自利是正常的。

只是勾宇想不明白，如果赤霞已經收買了九鱗，讓他停止向妖王回報消息，那赤霞只需要向仙界透露妖王的所作所為就足夠了，到時候妖王得應付仙界的追究，且不論生死都要下臺，赤霞自然會登上妖王之位，那麼他還有必要對龍宮下手嗎？

※　　※　　※

歲泫抱著膝蓋坐在房間的一個角落，他並沒有被人套上重重的枷鎖或綁上粗麻繩，手腳也沒有被銬上沉重的鎖鐐，他甚至可以在這個房間內自由活動。

不過，前提是他還有膽四處走動的話。

房間有門有窗，裝飾和布置都十分雅緻，空氣中飄蕩著一種甜甜的像是女人脂粉般的香氣，歲泫對這種味道談不上喜歡，可以選的話，他不會想待在這種地方太久。

他大概想像得到這裡是什麼地方，隔著牆壁他隱約聽到了歌樂聲和像是女人在嬌笑的聲音，這一切都讓歲泫如坐針氈。

之前敖瀟帶著芙蓉來查探時他抵死不從，沒有跟著來，不料事隔沒多久，他自己竟然被人抓來花街了！

雖然自己曾經提出過，說不定當時仍失蹤的浮碧大人可能被人販子賣到花街之類的地方，但那畢竟是考慮到人販子和花街有密切關係的聯想，歲泫沒想到自己竟然真的是烏鴉嘴，沒說中浮碧被賣到花街，倒是說中了花街裡有敵人的大本營在，而且聽聲音好像還在正常營業似的。

雖然變成了人質，但歲泫也有些慶幸自己被關在有屋頂的地方，不然隨便把他拖進山裡去的話，以現在的天氣，歲泫認為自己應該沒辦法支持到芙蓉來救就先冷死了。

歲泫呵了口透著白霧的氣在手上搓了搓，雖說是待在室內，但沒點上柴火還是讓人冷得難受。

搓著手縮在一邊，歲泫迷迷糊糊的又睡又醒。待在一個沒開門、開窗的房間中，對時間的感覺有些模糊，但歲泫還能大概知道現在是什麼時辰，這多虧了他平日極規律的作息。從他開始發出叫聲的肚子得知現在應該差不多是用晚膳的時間，他肚子打雷打得正歡，可惜環視整個房間也沒看到一些能吃喝的東西。

歲泫嘆了口氣，他對自己落入妖怪手中卻沒有太害怕一事感到奇怪，甚至開始擔心自己是因為飢寒交迫所以腦筋開始不正常了。還是乾脆閉上眼睛睡覺吧！雖然有可能會冷死，但睡著了就不會感覺到肚子餓，至於會不會冷死……

真要冷死的話，他醒著和睡著都是一樣沒差的！

歲泫越想越覺得這個方法是目前最可行的，姿勢一轉，他就縮在一角、抱著膝蓋像隻大蝦米般睡了。

當赤霞無聲的走進房間時，就看到他的人質縮成一團在角落呼呼大睡。他倒是沒有對人質的安然態度感到生氣，歲泫大吵大鬧或是安安靜靜都只是一個人質，一個凡人在他手上就只有被揉掐的分，赤霞根本不擔心歲泫能做出什麼出格的事，而人質在把仙界那夥人引來前仍有利用的價值，還不能讓人質死掉。

皺著眉的赤霞走到崴泫的身邊，腳一抬，踹了崴泫一腳，他的力道沒有很大，並不會讓人痛得慘叫著跳起來，只是讓熟睡的崴泫醒過來而已。

突然被驚醒，崴泫一下子弄不清自己身在何處般睜著眼睛呆住了，直到看見眼前與眾不同的靴子和衣襬後，崴泫才記起自己遭遇了綁架事件，現在站在自己面前的人正是綁匪。

想到赤霞的真正身分，崴泫有些心驚膽顫的連忙爬起身，但縮著睡覺睡得手腳發麻，一個踉蹌站起卻又跌了回去。而赤霞只是站在一旁看著狼狽的崴泫，伸手相助自然不是他的作風，但少有的，赤霞也沒說什麼難聽的話。

在房間有限的燭光下，那雙帶著銀圈的眼睛顯得特別的詭異。

赤霞嘴角帶著一道壞笑，垂目觀察崴泫的一舉一動。這短短的瞬間，赤霞心裡的念頭已經轉了好幾次，看著弱者掙扎對他而言算是件有趣的事，要是他現在落井下石，會不會發生更有趣的事呢？

他倒不是要傷害崴泫，只不過凡人在赤霞眼中一直都是可以隨便戲弄的對象，他高興就逗逗來玩，不喜歡時如棄敝屣，一切都隨他的心情。

赤霞現在手邊沒有養著玩的寵物，之前養了好一段時間的美人受不了長期待在他身邊，就這麼死了，失去了難得的可人兒是有些可惜，不過赤霞也習慣了。凡人待在他身邊被他的妖氣影響，自然活不了多久。

雖說抓這個青年回來是為了引那位可愛女仙前來找他，但在她來救人之前，讓他解解悶也無傷大雅，反正人是他抓來的，在被救走之前，要殺要剮都是他說了算。

赤霞從不認為芙蓉會答應他的要求，不過他知道她會來救人就足夠了；要是她給了答覆，赤霞才覺得困擾，他做這麼多都是為了好好看一下芙蓉為難的表情。她很有趣，赤霞對她也沒有深仇大恨，只是看見她就會想要戲弄她、逗玩她，讓她像隻不知所措只能炸毛的貓兒。

歲泫面對一雙盯著自己看的日蝕眼，讓他十分不自在。雖然他沒有太強烈的恐懼感，但不代表他願意像沒事人般和赤霞單獨相處，他再大膽也改變不了赤霞是個屠了龍宮的凶手。

好不容易站起身後，歲泫依然縮在牆角；而赤霞則很隨性的靠著柱子旁的雕花飾架，瞇起眼，嘴角若有若無的勾起誘人的弧度，似乎歲泫的反應令他好奇。

「這裡能讓你安心到睡著？」赤霞走前幾步，一張邪氣至極的臉龐湊得極近，鼻尖都快碰到歲泫了。

歲泫知道自己最好躲開，但對方用那雙日蝕眼活像盯著青蛙的蛇般，歲泫連動都動不了，只能

任由赤霞手一伸勾住自己的衣領把他從牆角帶了出來。

被一個妖魅的大男人勾著衣領實在難堪，歲泫真的很想掙扎，但又怕反抗了會落得更可怕的下場。明明赤霞要把他從角落揪出來有很多方法，可以對他施以老拳拖出來，恐嚇他走出來也行，但為什麼要用這麼尷尬難堪的方式？

「怎樣？」把歲泫從角落勾出來後，赤霞站在床鋪旁邊，放開了手。

「什……什麼怎樣？」完全不知道赤霞想幹什麼的歲泫開始緊張，而當他發現赤霞把自己帶到什麼東西的旁邊後，臉色更是綠了一下。

他臉色這一變，讓赤霞愉悅的笑了。

「凡人就是這麼犯賤的嗎？這房間有床的。」

「這是別人的房間……」

歲泫弱弱的回了一句，突然頓住——想後悔也來不及了，他竟然敢向屠了龍宮的凶手頂嘴！明明赤霞一身的紅正好提醒著他的所作所為，惹他不高興了要殺自己只是勾手指那般簡單，自己實在不應該回嘴的啊！

即使赤霞沒打算現在就切了他的脖子，但是赤霞為什麼要特地向他說明房間有床？

很可疑！太可疑了！

「別人？哦……」赤霞環視了四周一眼，這房間還放著之前那美人兒的東西，十足閨閣小樓的陳設。「那從現在起是你的房間好了。」

「什……什麼？」

「這一臉蠢相是怎麼回事？難道你想被關在柴房？」

「呃……在花樓裡擁有自己的房間一事好像……」歲泫臉色鐵青。若這裡是客棧還好，偏偏是花樓，而且明看暗看都是花樓姑娘在使用的房間，這床也是姑娘家的床，他怎敢睡上去？

赤霞一臉無聊的拉過床邊垂掛著的紅紗，一動這些掛著的布料，一陣薰香味立即散發出來，歲泫即時反應般一連打了好幾個噴嚏，連眼眶都被刺激得紅了起來。看見他這樣，赤霞還故意多揚幾下，反正這類薰香味對他一點影響也沒有。

歲泫只顧著揉眼睛、擦鼻水，沒心思去留意赤霞已經在床沿坐下，身子往後一挨，在軟枕之間找了個舒適的位置半躺著。他彈了幾個響指後，床邊的紗帳自動落下，連放在一旁的香爐也燃起來了。房間的窗戶是關著的，空氣並不流通，赤霞在這樣的環境下點起香爐，很快就把房間弄得煙霧瀰漫。

因為不習慣這種濃香，鼻子再度癢得受不了，在床邊站了一會兒的歲泫見赤霞仍在床上閉眼躺著，便決定走到窗邊打開窗戶透個氣。

至於為什麼他沒有考慮找把刀子去給看似睡著的赤霞一刀，主要是因為他覺得這招一定不會有用。如果妖道是凡人拿刀子便能捅死，就不必有斬妖除魔的仙人存在，那芙蓉姑姑他們也不用這麼煩惱了。

歲泫一走開，赤霞立即張開眼睛不動聲色的觀察著他。

抓人時，赤霞已經發現這傢伙是珍寶閣中唯一的一個普通凡人，雖然他有如此好運氣能見上這麼多的仙人，但赤霞認為凡人畢竟只是凡人，他應該也和普通人那般尖叫哭鬧一下才正常，這樣才不會勾起他的好奇心。

真是可惜呀！凡人待在他身邊都不長命，難得抓了個有趣的回來，可惜了。

他支著腦袋看著歲泫用了很多方法，甚至出盡九牛二虎之力，還是沒法打開那扇窗。當歲泫要放棄時，赤霞動了動指頭，窗子突然反常的朝室內打開，差一點就打在歲泫的頭上。

「沒打中呢……」

這一聲可惜的感嘆讓歲泫渾身汗毛都豎了起來，基於危機意識，他飛快的離開窗戶，再次對上赤霞的視線則更加不自在了。赤霞既然不用接近他，只是動動手指就可以開窗關窗，那房間內的東西會飛起來擲向他也不是怪事了，根本避無可避的。

窗子打開後，過濃的薰香吹散了些，隨著舒爽宜人的晨風吹進室內，歲泫覺得空氣清新多了。透過打開的窗戶他看到外面的景色，天色難得比前兩天好了一些，暫時還沒下雨，一整片的魚鱗雲鋪在空中，外邊街上掛著的一盞盞紅燈籠已經熄滅。

唯一讓歲泫想要嘆氣的是他果然被關在花樓了，而且他沒有辦法把這個消息傳遞出去。歲泫嘆了口氣，他雖然不算很聰明，但也還沒笨到不趁著這機會觀察有沒有逃亡的可能性。只不過看出逃亡路線又如何？要是綁匪是凡人也就算了，面對妖道，他真的逃得了嗎？

風吹起室內掛著的一條條紅紗，紅紗後的床榻上不是花樓裡的誘人姑娘，而是一個生人勿近的妖道。

赤霞比歲泫聰明很多，歲泫心裡想什麼他一眼已經看穿。他故意讓歲泫再看久一點，心裡逃走的希望又破滅了好一番後才出手。

「嗚呀！」在歲泫考慮著用什麼方法可以讓人知道自己的所在地時，他突然感到身子一浮，意識到不妥的同時他人已經離地懸空向後飛去了。

一聲悶響，歲泫摔在鋪了被褥的床上，雖然有這些東西作緩衝，但他還是摔了個眼冒金星。

人受傷時，下意識就會護著受傷的部位叫痛，歲泫也一樣，摔完後抱著撞到的頭倒在床上，即使他想下床也無能為力，現在他眼中整個世界都在旋轉，硬要下地只會又撞上別的東西。

好不容易感覺視線旋轉的速度慢下來後，歲泫小心翼翼的爬起身，手一直在揉撞痛的後腦勺，幸好沒有起腫包、也沒撞破頭，歲泫不禁慶幸自己皮粗肉厚，沒那麼容易撞一下就死掉。

但是當他回過神發現自己已經在床上後，歲泫失聲尖叫！他慌亂的想爬下床去，但是一道紅色身影無聲的閃到面前，歲泫認為自己的身板也不算單薄，可現在卻連反抗的機會都沒有就被人輕輕推回原位。

這結果很可怕，歲泫覺得自己臉上應該是一點血色都沒有了。他不敢動，因為他的脖子正被一隻略冷的手掐住。赤霞沒有很用力掐住他，歲泫就已經覺得呼吸不順，要是赤霞力道再大一點，他就連半口氣都吸不了。

「別想逃了。逃不出去的呢！」

赤霞瞇著一雙日蝕眼盯著歲泫開始渙散的眼睛，他原本想這次應該看得到歲泫眼中出現驚慌或是恐懼了吧。不過歲泫只是翻白眼給他看，因為他真的快沒氣、要窒息了。

就在赤霞快要活生生的掐死歲泫時，房間的門被推開，赤霞連視線都懶得移一下，只顧盯著身下快沒氣的歲泫看。

反正來人是誰，他心裡有數。

第三章

對不起，因為我是吃素的。

「你原來還待在這裡沒走嗎？」

房裡的氣氛在赤霞說完這句話之後僵住了，而門口站著的那人聽了這話，臉色變得十分難看。不過這對歲泫而言卻是好事，因為赤霞總算願意鬆開掐著他脖子的手，歲泫連忙貪心的大口大口的吸氣，雖然房間裡的薰香味仍然很重，但他怕了窒息的感覺——他總算體會到呼吸有時候也是很奢侈的一件事。

赤霞鬆手後，整個人又躺進床上的軟枕中，斜眼瞟了一記開門進來的灰衣人。

後者只是低著頭把帶來的東西一一張羅在圓木桌上，並沒有回赤霞的話。要是平時，赤霞必定冷嘲熱諷，但今次他卻沒說任何話，只是一直看著灰衣人的動作。

歲泫好不容易喘完氣、爬起身，兩名妖道間的詭異氣氛他也有所覺，不過首要的事是趕快連爬帶滾的離開這張床遠遠的。

此時赤霞沒有攔他，似乎在灰衣人進來後，赤霞也失了玩興。

房間內除了灰衣人的動作會帶起一些聲音外，到處都靜悄悄的。終於，這份壓抑般的沉默被歲泫肚子發出的聲音打破。

歲泫的視線不由自主盯著桌上的食物看。從被抓走後到現在，歲泫一直水米不沾，肚子早就空

空如也，現在圓桌上放滿了食物，雖然大半都是他不碰的葷菜，但只要有一碟炒青菜和白米飯，他已經滿足了。

「赤霞大人，人質不能餓死。」

灰衣人進來後好久才開口說了這一句，他嘴上雖然說著為了人質，但卻沒有看過歲泫一眼。他的話像個藉口，好糊弄掉赤霞對他的提問。

無聲的轉了個姿態，赤霞打量了灰衣人好一會兒才移開視線，嘴邊多了道剛才沒有的嘲諷笑容。

「也對，不養胖也沒肉好吃。」

歲泫開始考慮還是絕食好了，不然身上多長了肉真的會便宜了食人妖怪。可惜一切想法在赤霞想做什麼就做什麼的行事作風下，一點用都沒有。

只見赤霞翻了個身下床，在歲泫逃開前，他的魔手已經抓住了歲泫、將其拖到圓桌旁坐下。在赤霞眼神示意下，灰衣人連忙塞了一碗熱騰騰的米飯和筷子到歲泫的手裡，兩個妖道森冷的眼神在無聲警告著歲泫最好把桌上的東西都吃完。

在監視的目光下，歲泫抖著手夾青菜，不知道那種家畜被人塞著吃得肥美時，是不是和現在的自己有同樣的心情？

歲泫是餓的，但是被人強迫著吃飯養肥還是太恐怖了，而且整桌子這麼多食物，他們不會是真要他將那盤白斬雞和燒乳豬吃下去吧？

這些食物給六、七個人吃都足足有餘，讓他一個人吃的話，一定會活活撐死的。

房間又回復了沉默，歲泫一邊吃、一邊覺得胃痛，他的左手邊是百無聊賴支著頭盯著他的赤霞，右手邊是一副必定會監督他把食物全吃完的灰衣人。這兩個人明明彼此之間有些什麼，但誰都不說話，歲泫覺得自己再笨也不會嗅不出當中的問題。

好不容易解決了白米飯後，立即被塞了一個蓮蓉包子，在四道視線下，歲泫不敢不吃，咬了第一口後，他不禁想起了芙蓉，這種甜包子正是姑姑的心頭好。

「在想什麼？」

「姑姑……」

「哦！原來在想芙蓉嗎？」

「你……」

「我什麼？」

赤霞故意很突然的湊過去，嚇得歲泫向後避時凳子一翻，人重重的摔到地上。

見對方如此狼狽，赤霞嗤笑一聲：「呵！你也有點像她，所以欺負作弄起來才有趣。」

「你到底想對姑姑做什麼？」

「沒什麼呀！那些……這些……那樣……這樣……吧？」

赤霞蹺著二郎腿，單手支著頭，一副色痞流氓的樣子，害擔心芙蓉來救自己會不會出事的歲泫臉都白了，他很憂心姑姑來救自己時會害她遭到赤霞的毒手，這種事絕對不能發生！

「你現在好好吃飯，別餓死，不然在你餓死前，我會先吃了你，這樣那樣的吃掉！」

說罷，赤霞像是很期待的向歲泫拋了一記媚眼，後者坐在地上一臉死灰的僵硬了。

沒了逗玩的對象，赤霞的注意力落回灰衣人身上。

真正的身分是被妖王派來赤霞身邊的灰衣人九鱗，此刻的心情十分複雜。赤霞在曲漩這裡的行動他本應向妖王報告，但事發至今，九鱗心裡完全沒這個打算，妖王那邊都已經追問了好幾次，他也想盡辦法的迴避。

為什麼呢？

妖王和赤霞兩者之間，九鱗無法分辨誰是誰非，他不知道的事情太多了，九鱗唯一能肯定的就是他們兩邊都在打算著什麼。作為妖道的一分子，九鱗不是不知道妖王和赤霞之間的關係不算良好，但這些事自己管不著、也不必去管太多，他累了，什麼都不想去想。

但現實卻不讓他去逃避。

「赤霞大人……如果你是妖王，像我這樣的棋子，你會怎樣處置？」

「殺了，不然當成棄子用用就好。」

赤霞沒有要安撫九鱗的意思，他坦白的明說九鱗就是一只棄棋，他回去妖王那裡最後也是死路一條。

九鱗沉默了一下，赤霞開誠布公的話並沒有嚇壞他，反而讓他安了心。這就是九鱗想要聽的答案，因為他心裡早有了疑惑，所以他不想回妖王那裡，更不想繼續向妖王通風報信，但他自己的懷疑沒有證據，所以他想要別人給他一個藉口。

「赤霞大人當屬下是雜役就好。」

「說得真是理所當然呢！你想留，我就得讓你留嗎？」

氣氛凍結，赤霞一臉不愉快的轉過頭，冷眼看著謙卑的站在一旁的九鱗，他越看表情就越冷，最後竟然抄起桌上一鍋湯潑到九鱗身上。

微濕的湯汁從九鱗的頭髮、下巴滴落，這一幕讓歲泫從混亂的思緒中回過神，他心想果然妖道都是喜怒無常的，而且潑茶潑水的不是女兒家吵架才做的嗎？

歲泫不禁偷看了赤霞一眼，但這一看，嚇得他狼狽的移開視線。

「既然要留下，就替我把人質看好，保證他吃好住好，不然帶出去太失禮。」

赤霞扔下這句話後便無聲的消失，歲泫甚至看不到他是從門口離開還是翻窗走的，只知道人就這麼無聲無息的憑空消失掉了。

等等！作為一個人質為什麼還要顧及會不會失禮？

「放心，這件事屬下一定會做好，人質絕不會失禮的。」

為什麼要糾纏在失不失禮這一點上？歲泫在心裡吶喊，接著望向眼前這名留下來的妖道。

如果說赤霞的接近是危機，那這個看上去陰沉的灰衣人同樣是個莫大的危機！這人的眼珠子雖然沒有讓人覺得不安的詭異銀圈，但卻是一雙嚇人的蛇瞳呀！

凡間有關蛇精、蛇妖的傳說很多，除了白娘子比較浪漫之外，歲泫懂得的都是屬於比較血腥的類型。比起正體不明的赤霞，九鱗帶來的可怕想像還比較現實一點。

九鱗把歲泫抓回餐桌落坐，見歲泫不動手，九鱗把幾盤肉食推到他的面前，眼一瞪，示意他快吃。

「我已經飽了。」歲泫看著那一碟碟的大魚大肉，別說他不吃肉了，即使他能吃葷食，也沒可能一個人吃得下這桌豐富的膳食呀！

「飽？」九鱗表現得十分疑惑，似乎不相信歲泫是真的飽了。

「是的。」

「整隻雞都沒吃。」

「對不起，因為我是吃素的。」歲泫低著頭小心翼翼的說，深怕惹怒了眼前這個蛇瞳妖道。

「暴殄天物！你們修道的還有仙界的都愛假惺惺！」

「不……師父沒強迫我吃素的……不過從小因為家貧根本買不起肉，不然小時候師父也說孩子要多吃點肉的……」

歲泫感到非常尷尬，他的養父兼師父不是不想給小時候的他吃肉，但無奈他們太窮了，道士不殺生，小歲泫也沒能力去打獵，想要得到肉就只能靠賺錢來買，但若是他們有買肉的錢，也會先用來買材料補屋頂。

多年下來，歲泫早就習慣茹素，要他吃一口肉，恐怕還會受不了的吐出來。

九鱗聽了之後，認真的打量了歲泫幾眼，然後非常真心誠意的送上一記同情的眼神，說：「凡人討生活也不容易呢！」

歲泫不知道該說謝謝還是裝傻比較好，他竟然被一個妖道同情了！

※　※　※

當天色完全亮起來沒多久，難得顯現的陽光慢慢的重新被烏雲遮蓋，那漫天的魚鱗雲漸漸隱沒在厚重的雲層後。過了一會兒，烏雲下開始看見數道一閃而過的電光，整個天空都是雷雨前蓄勢待發的狀態，完全和某處的情況如出一轍。

赤霞來襲時砸了的廳室目前等待修整，芙蓉一行人要聚集就得擠在另一邊面積較小的偏廳，不知道是不是人與人之間的距離近了許多，磨擦也跟著多了起來。

天空傳來幾聲悶雷，正在互瞪的兩人不約而同把凶狠的視線轉到一個滿手包子的青年上，那凶狠的視線簡直像是要把青年盯出幾個洞似的。

「不是老子！老子人就在這裡，那雷聲不關老子的事！」

雷震子大呼冤枉，只差沒有氣惱得把手上的包子扔到瞪他的兩人身上。但眼見姓敖的兩人已經一觸即發了，他要是真的丟包子就等同是向他們倆宣戰，他穩死的。

在暴風圈旁邊小心翼翼觀察風向的芙蓉和潼兒交換了一記心照不宣的眼神，然後他們倆放輕手腳閃身出了偏廳。

一出到外面，兩人立即吸了一大口新鮮空氣，這時他們才覺得舒服多了。

芙蓉從百寶袋中摸了兩張小板凳，來到庭園旁的廊簷下，擺好板凳坐下，只差沒準備茶水點心而已。

「不知道要鬧多久呢！」潼兒靠在芙蓉旁邊坐下，無奈的說著。

偏廳中正上演高階仙人間的暗戰，芙蓉和潼兒一致認為他們只是仙界中的弱勢婦孺，對敵時挺身而出還說得過去，但自己人內鬨時不趕快置身事外就是笨死了。

「鬧到這雨能下出來的時候吧？」

芙蓉說完，和潼兒又再次對望，然後一起嘆了口氣。

一大早陪浮碧去滾樓梯結果變成跳城樓，這已經讓他們背負了沉重的心理負擔。雖然浮碧總算記起一切，還當眾表演了一幕騰龍升天，但原本勉強說是滿好的天色，卻告訴大家一剎那的光輝並不是永恆。

轉眼，當浮碧回來後，他的表情嚇得芙蓉和潼兒抱作一團，連搭話也不敢。

浮碧咬牙切齒又陰沉的臉色是因為記起了龍宮裡已經犧牲的同胞們，芙蓉明白他的心情，但圍繞在浮碧身邊的低氣壓實在讓人喘不過氣。

她和潼兒還好，但當時從她的百寶袋中冒出來的小倩卻驚得哭了起來。芙蓉多怕小倩這一嚇，會不會就這樣哭到魂飛魄散。

芙蓉同意公道是要去討的，一整個龍宮的人命不能不理，但被抓的歲泫她也不能不救。歲泫已經被赤霞抓走一個晚上，也不知道那個變態會不會對歲泫做些什麼，芙蓉很擔心在她把人救出來時會缺了手腳。而且妖道大都有食人或吸人精氣的惡習，赤霞一看就知道是個變態，所以絕對不是她想多了。

人要快點救出來，但該去哪裡救人？又如何救人？

現在門板後在爭吵的就是這個問題。

浮碧說即使在曲漩城挖地三尺也要找出赤霞的所在地，敖瀟則認為這樣做打草驚蛇且沒有效率；而不懂迴避尖鋒的雷震子就坐在他們兩人旁邊看好戲，絲毫沒有自己有可能變成催化劑的自覺。

敖瀟和浮碧兩人互相壓著怒火，以聽得人頭痛的文字遊戲爭論著，芙蓉無法說哪方是錯，敖瀟和浮碧所持的理據都說得通，只不過是大家的出發點不一樣而已。但越爭辯就越有火藥味，芙蓉和潼兒直覺再不避開，他們兩人就要開打了。

暴怒狀態的浮碧令他們心有餘悸，芙蓉不禁想像著自己認識的仙人……那些有著儒雅氣質的友人生氣時會不會也和浮碧一個樣子？就像是死火山突然爆發似的。

可能不只個性儒雅的類型，平常表現得很冷靜淡然的仙人，氣起來也會一樣恐怖。

「潼兒，你說平常東王公比浮碧大人還要沉靜，萬一生氣，會不會更可怕了？」

「東王公才不會呢！」潼兒不用一秒就斷然否定。

作為東王公的絕對擁護者，潼兒是不會相信東王公有暴怒的一面。而且東王公又不是敖氏一分子，自然不會和廳裡那兩位敖氏成員一樣怒形於色。

不過，潼兒稍稍想像了一下，如果有一天東王公在東華臺生氣拍桌子的話，會是怎麼樣的情況？他的怒氣會像東嶽帝君那樣把整座宮殿都凍結？或是讓原本滿布彩霞的天空變得烏雲密布、風雨欲來？

不！

潼兒猛的搖頭，把亂七八糟的想像甩出腦袋，他該想的不是東王公生氣會產生什麼樣的附帶效果，而是該先考慮東王公生氣時是否仍是那淡淡的表情？要是真的與平時一樣，他到底要從什麼地方判斷東王公是在生氣？

「玉皇的話，我倒是看過他在大殿上罵人，而王母萬一冷起臉來也很可怕……」

「我們現在不應該想這些吧？」芙蓉說得潼兒打了個大寒顫，這些大人物就算是挑一下眉毛也不是像他這樣的小仙童能招架的呀！

「難道潼兒認為裡面的人未得出結論前也會放我們出門？再說，即使我帶著你偷溜，單憑我和你也不可能救出歲浤。我需要打手！越多越好，最好是能把那個變態揍成豬頭的強大打手！」芙蓉一邊說，主意一邊打在自己那些已經寫好的短箋上。

短箋轉眼被她分成兩份，潼兒探頭一看那一小疊短箋上的名字，雖然司職有別，但論個人實力卻是天宮武力排行前十大的天將。

潼兒有點無言的瞟了芙蓉一眼，心裡小小的腹誹著芙蓉的鬼主意：這麼龐大的戰力，仙界怎麼會隨便讓芙蓉全部都喚來集中在一個地方？能叫來一、兩人已經很厲害了。

「見到妳就好了，芙蓉姑娘！」

一聲如同得救般的聲音把芙蓉和潼兒的注意力引了過去，只見從前廳半跑著過來的掌櫃一臉緊張，急行的身軀在經過小偏廳窗子能看到的位置時矮了下去，靈活的貼著牆壁橫著走到芙蓉這邊，那動作看上去就像一隻急行的螃蟹。

原來掌櫃不是水晶宮的魚精而是蟹精嗎？

這個不合時宜的問題不約而同掠過芙蓉和潼兒的腦海。

「掌櫃怎麼鬼鬼祟祟的？」

為了配合表現得形跡可疑的掌櫃，芙蓉也從板凳上下來蹲到地上，兩個人就像那些專門聽牆角、但又拙劣到一眼就讓人看穿的笨傢伙。

掌櫃小心翼翼的指了指仍不時傳出爭論的偏廳，然後把聲音壓得很低的說：「有客人到訪，但現在實在不是通報的好時機……」

芙蓉皺了一下眉頭，既然來客是會勞煩掌櫃前來通報，想必來的不會是珍寶閣一般的客人。想到客人說不定是來自仙界的，芙蓉兩眼爆出星光般閃亮的眨呀眨，剛才萌生的增援計畫迅速滋長了！

看到芙蓉轉轉眼睛一副另有所圖的樣子，掌櫃不禁有些冒冷汗，他開始擔心這位姑奶奶會冒出什麼折騰死人的鬼主意了。

「掌櫃，既然敖瀟不方便，那不如我先代他招呼一下客人吧！」

掌櫃有些遲疑的點頭。這本來是他的原意，芙蓉樂意幫忙應該是件好事，但聽到她的回答後，掌櫃反而生出一絲不安了。

沙啦沙啦的聲音突然響起，天空上積壓許久的烏雲終於灑下雨滴，活像從天上一大盆一大盆的往地上潑水。傾盆大雨中，被風吹歪的雨點打在芙蓉他們身處的廊簷上，三人連忙往前屋走去，順便避避雨。

※　　※　　※

迎客一事結果由芙蓉拍了板，她低頭摸出手鏡，確定頭髮整整齊齊的，裙子也平順得沒有走樣後，擠出人見人愛的笑容跟著掌櫃出了鋪面，但在待客的地方卻沒客人在。

「人呢？」

「剛才那位大人說出去等著。」理應待在這裡招呼客人的伙計一臉為難，他剛剛奉了茶，那位客人才喝了一口就說要在外面待著，也不知道是不是自己有什麼做得不好讓客人不高興了。

「這麼怪？有好茶不喝跑出去淋雨？」芙蓉狐疑的看了看窗外的天氣，這種時候跑出去不弄得一身濕就怪了，難道說仙界出了什麼愛淋雨的怪人而她不知道？

「出去看看！」芙蓉說了聲後就興致勃勃的出了大門。

珍寶閣大門匾額下方正好是個避雨的好地方，芙蓉以為自己應該會在這裡看到人的，但是當她走到這裡，還迎面吃了一陣被風吹來的雨粉，就是沒看到客人。

見鬼了？

芙蓉拿手絹出來抹抹臉，滂沱大雨像是一道水簾般讓街上的景色朦朧不清，但還不至於看不到人吧？

「呀！客人在那邊！」被安排招呼客人的伙計也跟著出來，他突然指著一處喊著。

芙蓉看了過去，果然看到有人撐著傘站在大街中央，可是那人將傘子拿得很低，芙蓉沒看清楚他的樣子。

但剛才明明沒有人在那裡的！

芙蓉嘴邊的笑容開始僵硬了。現在這是什麼情況？為什麼那個客人要在這種傾盆大雨下，站在大街中央背向自己拜訪的目的地？接下來該不會發展成此人原來是小倩的同類，不敢在珍寶閣裡面等候是怕被這裡的仙氣所傷？

這個假設實在是太貼切，芙蓉差點就相信了自己這無憑無據的猜測。

「好像是位公子呢……書生般的打扮……」從芙蓉背後探頭的潼兒好不容易看清對方的身影，可也只能從衣飾認出對方是男性。

「書生？」聽到關鍵字，小倩又驚又喜的從芙蓉袖子中飄了出來，她頂著一張既期待又怕受傷害的表情，瞇著眼看向那雨中的人影，希冀著那是她的意中人。

但她的意中人根本不知道她死了還留在凡間吧？不過要是那個人真的是小倩日思夜想的意中人，這就太戲劇性了！

雨聲很大，雨中那人像是留意到身後的動靜般緩緩的轉過身，候在珍寶閣門前的所有人不禁屏息靜氣，有人更開始嫌對方轉身轉得慢，想快點把來人的身分揪出。

那個人轉過來，偏偏傘子的邊緣仍把最重要的臉遮住，他一步一步朝珍寶閣走來，但那速度實在讓芙蓉心裡焦急。

一步……兩步……

芙蓉和小倩眼睛都隨著那人走近而越睜越大，當客人臉容曝光的那一刻，她們兩人的表現更是兩極化。

來人不是小倩的意中人，所以她一臉黯然的嘆了口氣想著自己真傻。小倩正回過頭打算和芙蓉說一聲後就躲回百寶袋中，轉頭一看卻看到芙蓉很精采的表情變化。那驚嚇、震驚的表情活像看到閻羅王親臨般……雖然小倩還沒有見過閻王爺，但她想像一個大活人突然看到閻羅王應該也是差不多的樣子。

芙蓉差一點就尖叫起來，但想到小偏廳那三人還在吵著，她連忙摀住自己的嘴，她必須要控制聲量，但開口時聲音還是因為驚恐扯高了八度。

「為什麼會是你！」

與其說這是質問，不如說是悲鳴。

芙蓉大大的退了幾步，努力和對方拉開距離，但珍寶閣始終是一家店，即使店面再大，空間也有限，她退得再大步也不可能拉開多寬的距離，所以她不禁怨懟的看了掌櫃一眼。

芙蓉認得出來，自然潼兒也一樣，他的反應好些，只是驚訝了點，但卻沒有很意外。不過潼兒還是來不及向對方先行禮問好，因為他要緊跟著芙蓉，免得她突然在珍寶閣店面做出擺蠟燭陣這種蠢事。

果然芙蓉一雙眼四處張望，停留之處全都是燭架、燈臺之類的東西。她仍然深信不疑蠟燭陣能驅趕某些她忌諱的人物。

「芙蓉，要面對現實。」

「不要！」

芙蓉這次忘了壓低聲音，驚慌失措的叫著，她人已經縮在櫃檯之後，和還站在門外撐著傘的客人遙遙相對。

掌櫃一臉茫然，雖說他知道來者是和仙界相關的人物，但具體是誰他並不曉得，因為他之前沒與對方見過面，而來客不自報身分他也沒辦法問太多，但現在看芙蓉和潼兒兩者天差地別的反應，他都搞不懂來者是客還是敵了。

引發芙蓉過敏反應的青年終於走到珍寶閣的門口，他先是轉身把傘子收了起來。雨很大，可他全身上下卻完全沒有被打濕。

當他真真正正轉過身來時，所有人總算看清他的臉——不太健康的偏白臉色，斯文的臉配上薄唇。不知是否膚色偏白的關係，他給人完全沒有多少陽剛的感覺。

珍寶閣的人認不出他，潼兒突然發現這不正是自己難得有建樹的時候？

「潼兒見過秦廣王。」

「免了免了。」

秦廣王隨手揮了揮傘上的雨水，揮了一番也沒打算把傘先交給掌櫃處理。帶著滴水的雨傘，秦廣王走進珍寶閣內。

第四章

來自地府的問候……嗚嗚！

秦廣王的出現讓珍寶閣的掌櫃和伙計們連連驚呼，他們驚嘆著自己竟然有幸得見甚少露面的地府十王之一。這種心態芙蓉完全無法理解，她甚至懷疑地府一干人等絕對沒有用心做好自己的形象工程，不然怎麼她在凡間認識的人全都對地府的可怕一無所覺？

地府應該給人恐怖、驚慄的印象呀！見到從地府跑上來的大人物不應該是興奮又讚嘆，而是要呼天搶地的尖叫吧！

「大半年不見，芙蓉妳還是老樣子呢！」

眾星拱月般被請到上座的秦廣王第一時間看向躲在直線距離最遠的芙蓉那邊，還異常隨和的朝她招手。

芙蓉記得小時候玉皇對她說過，不要亂應陌生人的話跟人跑了，陌生人給糖果吃可能是別有居心。她和秦廣王最多就是見過面，兩人又不熟，他表現得如此親切一定有不妥！

芙蓉抱著兵不厭詐的心情小心戒備著，她懷疑會不會像上次那樣除了秦廣王之外，還有什麼大人物躲在黑暗中尚未被人發現。要知道，上次那位超可怕的大人物特地下凡了！

「這次只有我一個，如果連這些小差也得勞煩帝君親自動手，那我們十王不就是白領俸的嗎？」秦廣王心裡在偷笑，芙蓉這小心翼翼的樣子讓他想起在京城那次她被帝君施了定身術說教的時候。

「真的沒有來？」芙蓉左顧右盼，小心駛得萬年船，加上她心虛最近做過些一定會被帝君教訓的事情，這種時候突然看到秦廣王她不能不驚，她真的很怕帝君會突然出現對她說教。

不，想深一層，說教已是從輕發落，芙蓉覺得自己有可能會被帝君罰到地府，由他親自一對一的教她女仙守則。

由帝君親自來教還不如讓她一頭撞死好了。

「我有騙過妳嗎？」秦廣王一臉認真，只差沒指天誓日。

他身為十王之一沒必要騙一個小女仙，再說他也沒機會騙她。對地府成員極為抗拒的芙蓉一聽到他們出沒，絕對會搶先第一時間躲到最遠的地方，他們平時根本不可能打照面，連話也不會說上兩句，怎樣騙？

芙蓉猶豫了一會兒，仔細想過堅持與妥協帶來的利害關係後，她還是帶著戒備的心情朝秦廣王走去。

看她終於走了出來，秦廣王改為向潼兒朝手，小仙童立即會意走到秦廣王的身邊，接過他從袖子中拿出的一封書信，再轉交到芙蓉手中。

待芙蓉接過信之後，秦廣王自己也鬆了好大的一口氣。

「這是帝君給妳的親筆信。帝君發話，如果妳敢撕那也沒問題，不過後果自負。」秦廣王很聰明，他知道如果自己在芙蓉走出櫃檯前說帝君有信給她，芙蓉一定寧死也不出來，現在信已經順利轉交，芙蓉敢撕了帝君的信不看除非是不想活了。

「你好狠心呀！」芙蓉拿著信，急得眼都紅了，她自問自己沒得罪過這位地府主君，為什麼他要這樣整自己，害她陷入萬劫不復之地呀！

那封親筆信的收件人寫有她的名字，還蓋上了帝君的印鑑，那字跡如同寫信的人一樣透著一股冷硬深沉的氣息，而且給人極大的壓迫感。如果朝這封信跪拜可免一死的話，芙蓉絕對願意跪下去，反正女兒膝下又沒有黃金。

但如果她拒接……最多也是天打雷劈吧？要不要賭一把？

「後果自負。」秦廣王適時的再次強調，把芙蓉的小小妄想打散。

在「後果自負」這種有無限想像空間的警告下，芙蓉實在不敢亂來。萬一惹火了帝君，到時候秋後算帳，那麼地府修行之旅算是便宜她了，說不定帝君一生氣抓她去地獄當獄卒，又或是把她扔去西方極樂修身養性就糟透了。

芙蓉雙手顫顫巍巍的打開信封、抽出信紙，同時本著女性愛湊熱鬧天性的小倩也飄了出來，看到信上的字跡不禁讚嘆了好久。

大部分人的注意力都集中在芙蓉身上，沒多少人留意到秦廣王在小倩冒出來後一直盯著她。

時間一分一秒的過去，帝君的親筆信內容不長，長度還不超過一張信紙，而且帝君的文書並不以詞藻華麗難解見稱，明明少了彎彎曲曲的修辭技巧，但帝君這封公式化而且內容簡潔有力的信卻令芙蓉看得頭痛。

芙蓉想起看過二皇子寫給李崇禮的信，是那種把重點隱於各式詞華之中，看的人要仔細猜測如同謎題般的真正意思，而帝君的信則是簡潔到令人擔心自己是否錯過了文字中的另一層意思。

芙蓉越看越感到不踏實，信上帝君自然沒必要對芙蓉這個小女仙寫一堆季節性問候，一開始便直入正題，帝君知道芙蓉來了曲漩，更知道她逛過花樓了……

芙蓉的臉色隨著一次又一次咀嚼信件的內容而發白，雖然她跑去逛花樓的原因可以解釋，但芙蓉知道東嶽帝君不會輕易放過她的，因為大半年前他才訓過她要守規矩，一年不到她就大剌剌上了花樓，帝君怎可能不扒她的皮？

完了！什麼都完了！這次東王公也救不了她了！

各種可怕的地府風景在芙蓉腦海不斷浮現，太好的想像力讓芙蓉大受打擊的跌跪在地上，旁邊幫忙傳信的潼兒不知所措的跟著蹲下去，努力的想著安慰的話。

反倒是珍寶閣的掌櫃和伙計卻像沒事人似的，連上前敷衍的安慰兩句也沒有。他們看多了生意失敗的人，已經沒特別感覺了。

「芙蓉妳還好吧！」潼兒心想芙蓉不久前把李崇禮府裡收著沒用的珍珠磨了粉末入藥，那些剩餘物資現在她大概用得上了，珍珠未可以定驚。

「我不好……」芙蓉嘴一癟，一雙眼睛可憐兮兮的瞅著潼兒看，沒想到下一秒她竟然把頭靠到潼兒的肩膀上，這親暱的動作嚇得潼兒整個人都僵直了。

「呀！」小倩也發出驚呼，雖然是少女和男孩，但看到這個畫面也足夠令她臉紅紅了。

「潼兒，我想我要先寫遺書了。」重新吸了口氣後，芙蓉抬起頭，雖然不見得已經重新打起精神，但總算接受現實了。

「芙蓉別開玩笑了，帝君即使罰也不會弄死妳的。」

「反正不是現在的事就算了。」芙蓉似乎處於哀莫大於心死的狀態。冷靜下來後，她把帝君的信收起，然後站起身很鄭重的對秦廣王行了一禮。

「芙蓉先前失禮了，秦廣王請多多包涵。」

芙蓉這一禮非常標準，她也不敢不標準，要是這位秦廣王回到地府後，帝君想起來問了一句芙蓉表現如何呀，他只記得自己失禮的一面就完蛋啦！

「免了。看在塗山的面子上，回去我不會跟帝君多嘴的。」

「但帝君和塗山比，誰的分量比較重？」

芙蓉差一點就放下心了，但生死攸關之際，自然就得小心眼一點，各式設想浮現腦海，而當中東嶽帝君的影子更是以壓倒性的姿態出現。

「當然是帝君了，這是不容置疑的。」秦廣王差不多是立即回答，連考慮也不需要，他就棄塗山而擇帝君了。

「潼兒，你記得長大後不要成為這種貪生怕死之徒。」芙蓉語重心長的抓住潼兒雙臂。

在她認真又凝重的注視下，潼兒硬著頭皮的點頭。

「我都聽到了。」

芙蓉縮了縮肩膀，把潼兒往秦廣王那邊推了推，暗示潼兒攬起招呼秦廣王的工作。潼兒無奈的看了芙蓉一眼，把他夾在她和秦廣王之間，難道他有隔離的作用嗎？

「不用推別人過來了，我來的主要目的是……她。」

秦廣王伸手指向芙蓉所在的方向，後者立即青著臉色躲避。芙蓉她躲向左，秦廣王就指向左邊；她逃往右，他的手指頭也緊跟著。芙蓉臉色越難看，秦廣王似乎越覺得好玩，他已經忍不住嘴角帶笑，只差沒笑出聲。

因為仙階的差別，芙蓉沒指望掌櫃他們會插手，而且私下還好，在這麼多人的場合，潼兒也不能越禮追問秦廣王前來的原因。

塗山騙人！他不是說過秦廣王並非小氣的人嗎？她只是嘀咕了兩句，秦廣王就覺得戲弄她很好玩嗎？

秦廣王也不是玩心起，而是真的很認真指出他的目標，整件事只不過是芙蓉自己誤會罷了。

「他是為了那女鬼而來的。」

「敖瀟！你們吵完架了？」

看著從後堂出來的三人，芙蓉奇怪的看向敖瀟等人的腳下，三人明明都穿著武服用的靴子，但為什麼走過來一點聲音都沒有？不，她應該感到疑問的是，他們三個竟然這麼快就達到共識了嗎？那現在到底是依浮碧說的挖地三尺，還是聽敖瀟主張的以靜制動？

「妳難道不知道在客人面前不掀自己人瘡疤是禮貌嗎？」敖瀟很不客氣的瞟了芙蓉一眼。

不知道是否因為秦廣王在場，敖瀟十分認真的端架子，熟知他脾性的掌櫃也十分配合的迅速調度人手，轉眼之間關上店門的珍寶閣內已經變了個樣，不再是堂皇富麗的古玩店，而是如同水晶宮的見客殿般。

芙蓉看著伙計們手腳麻利的為店面大變身，心想原來他們開古玩店早就把這元素算了進去。

一切搞定，首位坐著一臉不爽的敖瀟，下方兩邊落坐的則有秦廣王、黑著臉的浮碧，還有像是頭昏眼花的雷震子；潼兒主動站到芙蓉身後，這種盛大的場面還是留給芙蓉應對好了。

「芙蓉，我說秦廣王算是外人嗎？」潼兒悄悄的在芙蓉耳邊問了一句。

地府雖然管的是死人，卻也是仙界天宮重要的一環。關上門，大家都是仙人，這根本就是一家子吧？

「對我來說是外人。」芙蓉嘀咕了一下，她才不想和地府的人物牽扯太多呢！

不過說到底，大家都是仙界的一分子，不能說是外人，這樣太見外。然而她相信敖瀟也不是亂說，地府和水晶宮一向各自為政，有自己的一套架構，關起水晶宮的大門或是地府大門，裡面的人也可以把門外所有人全當成外人處理。

秦廣王和敖瀟交換著客套話，沒說多久浮碧就起身告辭了。

「浮碧大人是怎麼了？」芙蓉見浮碧頭也不回的出了門，心想不是最糟糕的情況發生了吧？他們這一雙手數得出來的戰力難道還要搞分裂對抗呀！

芙蓉的疑問沒有得到第一時間的解答，敖瀟沉著一張臉，他不發話，掌櫃等人也不敢攔路，只能目送浮碧頭也不回的離開。

「談判破裂了。浮碧和敖瀟兩人都堅持自己的做法，吵到最後敖瀟生氣的吼了句隨便你，然後浮碧回了句領命。氣氛僵著呢！」坐在芙蓉旁邊的雷震子連忙低聲解說，他故意不理敖瀟投射過來的警告眼神，把剛才發生的事簡單描述了一遍，還不忘提一下自己無辜捲入他們的爭吵中，開口勸架被罵，不作聲又被說冷眼旁觀，他正左右為難呢，卻也沒人打算救自己。

「不是吧？一個說氣話，另一個直接當真的？那浮碧現在是打算殺入敵陣了？」

「大概是吧！」

雷震子不負責任的說著，惹來了芙蓉一記白眼。連她也不禁認為雷震子的自覺性太低了！辦完東王公交代的事情後，雷震子就像無事一身輕，還直接擺爛起來……水晶宮的人是不愛外人攪和他們的家務事，但同是仙界的一分子也不能覺得只要看戲就好吧？

「那不行呀！你怎麼不去助陣！」

因為雷震子身上穿得不修邊幅的關係，芙蓉想表現大馬金刀揪人衣領的戲碼也無從入手，若多抓幾下都要衣衫不整了。權衡之下，芙蓉抓住雷震子的手臂讓他不得不順勢跟著站起，手一拖，芙蓉拉著他準備追上去了。

「等等！我去就算了，芙蓉妳也要跟嗎？」雷震子見芙蓉一馬當先的樣子，連忙反客為主的拉住她。

「對！」芙蓉想了一秒，自己跑出去的確是弊多於利，但她早就下定決心要出一份力把歲泫救回來。

「等等！」秦廣王朝急著要衝出去的二人喊了一句，然後又比了比芙蓉的方向。「芙蓉妳要出門也得先把東西交給我。」

「什麼東西？」

「畫卷。」

秦廣王這話讓所有人的視線一同集中到小倩身上去了。沒有人想到勾回一個小小的凡人魂魄下地府，竟然會勞動十殿之一的秦廣王？

九鱗和歲泫大眼瞪小眼的待在同一個房間裡，兩個來自不同陣營的人沒有共同話題，加上他們一個是人、一個是妖，更不可能和氣融洽的談天說地。歲泫沒有歧視妖怪的意思，不過他擔心萬一打開話匣子後九鱗跟他討論如何煮熟凡人來吃的話，那不就糟糕了？他的心臟沒強健到聽完這些還能正常跳動吧？

※　※　※

所以歲泫現在的心情就像外邊的傾盆大雨般鬱悶，吃飽之後越坐他就越睏，坐著坐著他又開始打瞌睡。這次沒有人吵醒他，歲泫只知道自己再被拍醒時人已經在一家花樓的大廳，外邊仍是下著大雨，天黑黑的不知時辰。

花樓裡一個人都沒有，但地方收拾得很乾淨，赤霞就坐在一張放在大廳顯得十分突兀的躺椅上，似乎這東西是他特意搬來的。四周只點了一盞燈，顯得有些暗，在燭火下搖曳的影子更讓歲泫不由得覺得一陣心寒，活像那些影子中潛藏著什麼似的。

歲泫看了赤霞一眼，他挨著躺椅、閉著眼睛，也不知道是醒著還是睡著，但歲泫覺得他們突然把自己搬到這裡又中門大開的，活像布好了陷阱等人上門。他就是一個很好的誘餌，所以要把他帶出來？

歲泫不禁咬了咬牙緊張起來，他是怕死，但要是因為自己而令芙蓉他們身陷險境的話，歲泫覺得很對不住他們，這絕不是他的原意。

「給你一個遊戲玩玩如何？我給你半個時辰的時間逃走，時間一到我就去抓你，看看你能跑到多遠？」

「為……為什麼？」歲泫心裡是驚喜的，先不論赤霞這樣安排是不是有什麼目的，但他好歹得到半個時辰逃跑吧？他知道時間一到如果沒能走到珍寶閣的話是沒有用的，赤霞想找到他只需要剎那之間，可起碼他賺了一個機會不是嗎？

「因為好像很有趣。」

赤霞連眼都沒有睜開一下，聲音也慵懶得像是在說夢話，但那掛出異樣笑容的嘴角卻讓歲泫打從心底寒了一下。

他是有什麼目的吧？不然為什麼笑成這個樣子？

「你的個性有些像芙蓉，有些天真但又不是天真到傻的程度，說你單純又不全是。現在芙蓉不在，就先從你身上找找樂子了。」

說到這句，赤霞睜了睜眼，半瞇的看著歲泫。歲泫就只看見赤霞眼中的那抹銀光，心一驚退了一步，整個人頓時六神無主。

他……赤霞果然是想對姑姑做些什麼！

歲泫心裡很掙扎，明知道現在有機會了自己應該快逃，但他又希望能得到多一點的情報，若他有辦法傳遞出去說不定能幫姑姑他們一個忙。

歲泫相信天命，上天讓他在那麼大的山上遇見芙蓉和潼兒不會只是湊巧這麼簡單，既然現在有自己能辦得到的事，歲泫無法坐視不理。他並不埋怨自己若是沒有遇上仙人就不會遭遇被妖道抓走的事，世上既然是有妖魔鬼怪，他又住在山上，說不定今天遇不上、明天也會遇上，操這樣的心是多餘的，也沒有必要去怨任何一個人。

人生在世，行事要問心無愧，歲泫自問短短的人生中這一點他算是辦到了！真的死掉下地府，他在閻羅王面前也敢說自己算是個正人君子。

「你到底想對姑姑做什麼？你有什麼目的？」心裡雖然是有著決意，但當歲泫準備要開口時，還是發現自己抖得不得了，好不容易大力吸了幾口氣才讓自己的聲音平穩一點。

赤霞一聽見他的聲音立即瞇起眼笑了幾聲，他的低笑惹來九鱗的視線，但很快九鱗又再低下了頭，一動不動的繼續站在角落。

「即使你是個將死之人，我也沒興趣告訴你。」

赤霞抬起了手，他瞇起一邊眼睛笑著朝歲泫做出一個像是小孩彈珠子的動作，歲泫連想都沒機會想赤霞這樣做的意思，他人已經騰空向大門那邊摔過去了。

他就像那顆彈珠般被彈了開去。

「從現在開始算，時間一到就看看你能不能到達我追不上的地方了。」赤霞說完單手支著頭，手邊多了一個從外邦異地運來的沙漏，沙子開始向下流動，輕笑著的赤霞悠哉的躺回那躺椅的軟枕堆，一隻手在沙漏上畫著圈。

在歲泫還沒分得清赤霞是說真的還是假的時，他已經開始計時了。

站在一旁的九鱗沒有任何反應，由始至終他都只是沉默的站在一邊，也沒有阻止歲泫小心翼翼往外移的腳步。

咬了咬牙，歲泫頭也不回的衝了出去，大雨打在他身上，衣服不用一會兒已經完全濕透，大雨也模糊了他的視線，但歲泫不敢停下腳步，即使赤霞給的時間算是充裕，但說不定路上會發生什麼不可抗力的事情，因此他必須用跑的才能爭取時間。

抹完臉上的水，很快就會有新的雨水流下，森冷的大雨也帶走歲泫身上的溫度，他每一個呼吸都帶著白色的呼氣，很快歲泫就發現自己走了這麼久卻像是在原地繞圈子似的。

那個代表煙花巷入口的紅色牌樓仍在眼前那個不變的距離聳立著，他回頭一看，卻找不到自己跑出來的那個門口。

「這是怎麼回事？」歲泫凍得手腳都快不聽使喚，說不定再等一下連腦子都不好使了。很快他已經察覺不對勁，街上兩邊雖然有各式的花樓，但是人就只有他一個。

這樣的大雨天，掛在戶外那些沒收起的紅燈籠早被打濕看不出原來的樣子，歲泫自身也不比那些燈籠的情況好多少，露出衣服的一雙手早就變得紅通通的，但臉色卻是異常的蒼白。他在一旁的屋簷下歇了口氣，忍著渾身上下無法抑制的顫抖繼續跑下去。

這一切都落在赤霞以及九鱗的眼底，他們不需要有觀看遠方用的寶貝，因為一切都是赤霞布下的幻象，歲泫的確是在大街，但看在他們眼裡，歲泫只是一直在某個範圍內跑來跑去罷了。

他根本走不出去的，赤霞也沒有想過真的要把他放出去。這麼重要的道具，赤霞又怎可能這麼容易放手？

九鱗自知身分尷尬，本也不想多嘴過問赤霞的主意，但是再不問的話，他擔心跑出去的脆弱人質會一命嗚呼。

「赤霞大人，萬一他就這樣冷死了怎麼辦？」

「你很在意他是生是死嗎？」

赤霞懶懶的瞄了九鱗一眼，那眼神像是在示意他說實話，又像是在問他對歲泫的關心是出於自己的意思還是妖王的意思般，是一道讓九鱗不由自主想要避開的視線。

被這樣詢問，九鱗發現自己沒辦法隨意的否定，他很清楚赤霞在意的不是歲泫而是另外一個人，只是他提不起勇氣向赤霞詢問，即使真相只能從赤霞這裡問出來。

「記得你有一位摯友，對某些事也像現在的他一樣拚命。我沒記錯吧？」

赤霞的話讓九鱗震了震，顯然是說到他的心事令赤霞很愉快。赤霞笑得微彎的唇動了動，無聲的說了一個讓九鱗沒辦法放下心的名字。

「赤霞大人為什麼會知道她？」

「因為妖王想做什麼、做了什麼我都知道，包括他覺得你的實力不足以成大事，就勸你貢獻一條手臂出來的事也知道呢！」

九鱗的臉色瞬間轉白，他仍完好的手不自覺的抱緊了自己斷臂的位置，沒了一條手臂他不恨任何人，因為是他自己決定的，但最令他介意的是他付出犧牲了，結果呢？他連她是生是死都不知道！

「大家都是妖王手中的棋子，而我當棋子當膩了，是時候找點樂子了，而要玩的話，當然要盛大的玩才不枉此生。」

赤霞從躺椅上站起身往大門走去，那張狂的身影讓九鱗不禁看呆了眼。

他神不守舍的跟在赤霞身後細想赤霞的話，他又怎會不明白妖道中本就沒有什麼大好人，大家都是彼此利用著。他們是妖王手中的棋子，這是意料中事，但姬英到底在這盤棋中擔當了什麼角色？是曾經有利用價值的棋？還是一開始就是棄棋？

赤霞步出花樓大門，歲泫仍在大雨的幻象中跑來跑去，看樣子已經快筋疲力盡，好幾次跌倒在地上又爬起，搓了搓跌痛的膝蓋還有冷僵了的手，又再度朝目標前進。

赤霞站在簷下看著天空的一角，當他注視的位置出現了一道扭曲時，他勾起了一個很愉快的笑容：「呵！果然還有這步棋。」

第五章 狐仙VS妖道

一柄紅底繪花大傘在灰濛濛的陰雨環境下格外突兀顯眼，重重雨點打在傘上，水花飛濺，但那聲音被雨水滴落地面的聲音遮蓋，只有傘下那人的腳步聲和那抹紅色傘影會令人留下印象……

如果還有人在這種天氣下出門逛大街的話。

大得離奇的雨勢下，即使撐著傘子，基本上身子也會被雨水打濕，袍襬會被地上的汙水濺得不堪入目，更別說垂在背上的長髮會被風吹歪的雨點弄得一塌糊塗。不過俗話說上有政策、下有對策，這些都只不過是小麻煩而已。

既然他不是凡人，自然不用學凡人那樣在大雨天弄得自己一身狼狽，動動手指頭在自己周遭施個小法術擋風擋雨是不費吹灰之力的小事，有了這些法術，其實撐不撐傘也無所謂。但有時候意境也是很重要的，所以塗山特地拿著傘子享受一下曲漩的雨天，再說這麼大雨天的，有人乾乾爽爽又不打傘的走在大街上也太礙眼了。

他天亮後才從京城的寧王府出發，從京城來曲漩這點距離並不會花費塗山太多時間，原先他想再早一點出發，只是昨夜第一次用那面傳訊鏡實在很費力，他雖是千年道行的狐仙，但總有不擅長的事情……

塗山就極不習慣使用寶貝，一來就讓他用上那種高級品，差點把他弄得頭昏腦脹，不休息一下

就趕赴戰場實在不人道；再說塗山也得在京城先做點預防工作，把寧王府打造成一個妖道絕對不能越雷池半步的鐵桶才放心。

昨日意外的來信中，雖然東王公說了會讓人照看寧王府，但萬一出事難道他真能去找東王公算帳嗎？凡事還是靠自己比較好。

踏入曲漩城後，塗山很快就發現異樣，明明城裡有一群仙人和妖道停留，但他卻連半點氣息都沒感覺到，就好像這裡沒有任何仙妖般平靜。要不是他在城門口附近找到插在土裡的金箭，他還以為自己找錯地方了。

塗山雖然沒記入仙界的仙籍、也少用寶貝，但那金箭出自何人之手，他還是有辨認的眼力。反正那是連他也不想接近的寶貝，想必是用來對付今次的敵人，既然是仙界的安排，那他就沒必要懷疑了。

曲漩雖然沒京城那麼大，但在一整座城內找一個人也不是簡單的事。塗山本打算先到芙蓉所在的珍寶閣，以珍寶閣的知名度不會太難找，但走到一半，塗山被突然出現的異象勾起興趣。

塗山是道行上千年的狐仙，幻術是他的看家本領，只消一絲的異樣他已經察覺到附近有動用幻術的痕跡，雖然法術的波動只出現了一瞬便消失，但已經足夠塗山捕捉到展開法術的所在地。

是趕去看看，還是先到珍寶閣？

塗山沒有猶豫太久，當下他決定先往出現幻術的地方查探，說不定芙蓉他們已經和妖道打起來。要是沒有的話，他順手把幻術搗破，先挫一下妖道的勢頭也是好的。

當他來到目的地，抬頭看到那座地標般的紅色牌樓時，塗山不禁一臉奇怪。雖已從芙蓉那裡聽說過曲漩城內發生的事件，他也知道芙蓉有偷跑到花街這種不正經的地方，可現在花街竟然出現幻術的痕跡，這也太湊巧了……

很明顯，曲漩城內的花街並不是個單純給男人風花雪月的地方。

這類地方塗山並不陌生，他活了上千年，很多地方都待過、看過，在京城逗留的期間也看多了達官貴人、豪門富戶到花樓擺上一桌巴結權貴或是顯擺財力，年輕點的公子哥兒就熱衷營造風流才子的形象。這種地方幾杯酒下肚嘴巴就容易鬆，所以收集情報很方便，塗山偶爾也會去逛逛看看有沒有誰的把柄能抓，心情不好時就惡作劇一下那些色狼。

憑良心說，京城花樓裡好些姑娘姿色比宮裡的嬪妃還要美，技藝更出眾，可惜天不由人，各人有不同的命，她們的命運註定比別的女子要坎坷。

塗山在牌坊前看了一會兒後，舉步站在他推測出來的界線前。製造幻境的法術和結界之類的防禦法術一樣，有一條把有效範圍分開的界線，遇上幻術的話，一旦越過那條界線就會陷入幻影的陷阱逃不出來。

只是這對塗山一點作用也沒有，就憑他一眼便找出界線這點來推測，施術的人對幻術的造詣並不高，在他面前只是班門弄斧。

塗山二話不說邁出腳步。

就在越過界線的這一步，塗山看到有一層像水波般的薄膜在震動著。未幾，幻術界線硬是被塗山弄出一道裂縫讓他鑽進去了。他還沒來得及觀察幻術原本的內容，突然頗急的向旁邊退開一步，同時伸出手臂剛好撈住一個往前衝著、跑得快脫力倒地的人。

「怎麼這人身上有著令人在意的味道？」

塗山垂目看著正掛在手臂上喘不過氣來的青年，這人渾身濕漉漉而且冷冰冰，臉色青白、兩眼也快翻過去了，真不知道他在這大雨中跑了多久。

既然做了好人就做到底，反正這樣的一個凡人也不會對塗山造成什麼傷害。

把青年扶到一旁的屋簷下，塗山第一時間把兩人身上沾到的雨水弄掉，但衣服變乾了，青年也沒有這麼快回復身體該有的溫度。

塗山看他神智不清的蜷縮在地上打著顫，嘴裡還唸唸有詞的說著要快點什麼的；雖然他口齒有些不清，但塗山還是辨認出句子中不止一次出現「芙蓉姑姑」四個字，塗山想起芙蓉提過身邊有一個青年被妖道擄走，看來就是眼前這個快凍死的可憐蟲了。

狐媚的眼睛像是突然想到什麼鬼主意似的彎起。塗山早就想試試這方法了，以前只能看著別人做，讓他手癢已久，難得現在有實驗品送上門他便不客氣了。

老實說，塗山並不覺得這是一個好辦法，甚至非常無聊，但是偏偏他每次都看到戲劇性的成功效果。

救人如救火，耽擱不得，塗山連忙伸手掐住青年的鼻子，果然不一會兒人就醒了，只是青年茫然的睜大眼睛看了塗山一眼後，直接翻眼昏了過去。

他算是失敗了嗎？

「難道這鼻子掐下去還有什麼特別技巧嗎？」

人已經昏死過去，硬是要掐醒他再試實在太費功夫，塗山立即放棄了。不過他還記得先把人救活再生個火在旁邊，免得他活生生冷死。

青年的事很快被塗山放在一旁，既然這個應該是人質的青年在幻術中狂奔，那麼施術者極有可能是抓他的人，也就是欺負了芙蓉的那個妖道。

塗山重新打量著眼前的幻境，除了把一條大街變成一個迷宮外，並沒什麼特別，而且他之前的猜測錯了，芙蓉一行人現在並不在這裡，更沒發現打鬥的痕跡，他應該是第一個來到的人，又或許這幻術是故意引他前來的也說不定。

芙蓉不在這裡一事塗山異常肯定，他相信要是那丫頭在這裡，不論她有意無意，動靜都一定會很大，起碼應該會發生爆炸或是有物體發出淒厲的慘叫聲，可現場除了雨聲就沒有其他聲音了，所以她一定不在。

她不在才好，想到芙蓉那丫頭仍不夠看頭的戰力，塗山只想搖頭嘆氣，好不容易在大半年間磨練了些進展來，但她惹禍的本領卻以好幾倍的速度超前吧？

他現在只能認命，誰叫他認識了她，又誰叫他發了誓說要守護的白楊後人心裡頭裝的正是這丫頭，他也只能多幫忙擔待了。

反正他早已打算若沒遇上芙蓉，他就順手拆了這個幻境法術，免得再有人遭殃。

不過，既然這是敵方特別準備的盛宴，塗山自問教養良好，別人盛意拳拳準備了酒席，他自當錦衣赴宴。

「這麼盛大的幻術不會就只為了製造一個迷宮吧？暴殄天物。」

塗山撐起那柄紅傘走到大街上一些特定的位置，他在那幾個點來回踩了幾下後，四周的環境開始搖曳不定，隨著他走的步數越多，由法術建構而成的虛構幻境逐漸變成滿地碎片，隨之而來立起的是一道由塗山設下的隔離法術。

「遠道而來的客人，敢問尊姓大名？」

聽到對方的聲音，塗山竟然有種忌諱的感覺，雖然對方是誰他早已心裡有底，現在聽到了聲音，更肯定那人就是讓芙蓉受委屈的變態。昨夜塗山不敢對芙蓉明說他對赤霞這號人物感到好奇，他在凡間的妖怪間有聽說過赤霞這個名字，但並沒有掌握到詳細的訊息。

這人能讓芙蓉如此露骨的嫌惡，難道不值得別人好奇嗎？

「塗山。」

暗處傳來一聲了然的應答，然後靜默下來。

※　※　※

塗山聽著雨聲戒備，防備著這份沉默是對方分散他注意力的一個手段。

今天的天候對塗山而言並不有利，他的狐火雖然不會因為一點雨水而受到影響，但也絕非可以完全發揮實力的環境，要是敵人遇水更強，那天時地利就讓對方先佔去了。

雨聲有一剎那像消失了般，感覺就像四周的空氣被某個人抽口氣而變成了真空狀態，塗山抬起頭，視線抓住了一點，手上的傘子一收，充當武器向前一擋一推，把突然來襲的攻擊徹底化去。

塗山皺眉盯著從暗處衝出朝自己狠辣下手的九鱗。說實在的，雙方的實力並不在同一個層次，塗山認為對方不是自己的對手，對方應該很清楚這一點，但他還是衝出來了。他難道以為單憑偷襲就可以拉近彼此的實力差距？他不知道偷襲一旦失敗，自己就會陷入萬劫不復之地嗎？

果然偷襲失敗後，九鱗立即和塗山拉開距離，但他在塗山面前曝了光，現在想再遁隱已經來不及了。

塗山重新撐起傘子，雖然雨小了不礙事，但沒道理有傘不撐，再說他就是要做出一種游刃有餘的態度氣死這個偷襲的。他從這人的眼中判斷出對方不顧一切的向自己挑戰應該是為了私怨，可他卻想不起自己是否得罪過這樣一個妖道。

近二、三十年因為賢妃和她父親的緣故，塗山開始長時間待在京城，少了和山川野外的妖怪直接打交道的機會；再說塗山有著千年修行，也不會和一些小妖計較太多，他一向稟承人不犯我、我不犯人的行事原則，只要不影響他保護的對象，塗山甚少惹事，也因此才和仙界保持良好關係。而現在有人跳出來忿恨的瞪著他，實在令塗山一頭霧水。

偏偏九鱗的臉他感到陌生，但身上散發出來的感覺卻是熟悉的，奈何他完全沒有印象。

「狐仙……塗山！」

九鱗咬牙切齒的喊出塗山的名字，這讓塗山更肯定自己正被人尋仇了。

「詢問別人名諱前自報姓名是禮節，想不到離京城並不是多遠的路就遇上如此無禮之徒，要本狐仙教教你做人做妖的應有禮貌嗎？」

遇上一個實力不如自己的對手來挑釁，沒有讓塗山感到掃興反而十分雀躍，更別說這人對自己的敵意又強，現在已經很難找到不長眼向自己找碴的弱小之輩，京城又一直太太平平的沒什麼妖邪鬧事，姬英那次留下來的鬱悶之感正好趁這機會好好吐一吐了。

「我沒興趣和你作口舌之爭，今天即使打不過，我也不會讓你好過！」

對方如塗山所想的喊出匹夫之勇的經典臺詞，斷了自己的後路朝塗山再次衝了過去。

深紅色的眼睛帶著一絲愉快神色瞇得彎彎的，嘴角的微笑讓人錯覺狐媚惑國的美人也不過如此，九鱗看著塗山不禁一陣心寒，冷意瞬間從腳底升起。他活了幾百年，很多事情聽多了也看多了，這千年狐仙一副妖媚絕倫的樣子無疑是心情很高興，就像歷史上那些有名的禍水、滅國的妖后奸妃殘害其他嬪妃前的嘴臉。

此時的九鱗在害怕之餘，更多的是心理上的毛骨悚然。他覺得自己好像變了後宮中一個小小的宮人，即將會被人折磨得連渣都不剩了……

這感覺真噁心！

「怎麼？不來嗎？」

塗山踏前了一步，雨傘的長柄擱在肩上，要是現在天上降下的不是細雨而是花瓣，那就會形成一幅唯美的畫面。他伸出併攏的兩指，以劍指的形態從左向右一劃，一道白玉色的火焰隨即以雷霆萬鈞之勢朝九鱗襲去，細雨絲毫無損火焰的威力，高熱反而把雨絲直接蒸發，在大街上揚起一陣白色的蒸氣。

塗山是沒打算一擊就把對手幹掉，但也沒打算花太多的時間玩弄對方，因為現場還有一個不能掉以輕心的敵人。

九鱗被火焰糾纏的時候，塗山斜眼看著無聲出現在自己左後方的赤色青年，比起道行和實力差上一截的九鱗，這青年給塗山一種深不可測的感覺，無法看清他的底細。

「呵！九鱗，你很明顯不是這位塗山大人的對手呢！」

幻術被破解之後，赤霞也沒有花心思在躲藏之上，他大方的在路邊找了個觀賞角度一流的地方，靠著建築物的柱子站著，似乎沒有打算插手。

「你不幫手嗎？」

「多麻煩，我才不要插進你們的恩怨之中。你打死九鱗我也不會覺得可惜的，那樣的笨蛋能活到現在已經是奇蹟了。」

赤霞完全不在乎九鱗的生死，也不像是在用激將法，但是他的話卻提到了九鱗這個名字，對此塗山仍然是感到十分陌生。

「九鱗？」

「哎！原來你不知道他嗎？」

發現塗山根本不知道九鱗是誰後，赤霞的興致反而被挑起。塗山眼睜睜的看著赤霞只留下一道殘影還有輕笑聲，當他轉過頭時，赤霞已經把九鱗從白玉火焰中拎了出來，而且赤霞竟然身上毫髮未傷。

赤霞本心不是救人，他只是想看著情況變得更複雜而已。塗山操縱火焰纏過去，但赤霞不知道用了什麼手段，一道黑影在他手上閃過後，火焰就消失了。

塗山看向赤霞的眼神變得凝重，他有點理解為什麼芙蓉會對他這麼沒轍、那麼反感了。換了塗山自己，他也不可能有多喜歡赤霞。赤霞整個人散發出來的就是一種凌虐、殘忍的氣息，典型為非作歹的妖道身上會有的氣息。

「你瞪著我的眼神我很喜歡，不過還是先給你們一點耍樂的時間吧！」

赤霞把手上拎著的九鱗隨意的扔到一邊，身上被火焰燒傷的九鱗在地上掙扎爬起，幸好他身上的灰袍擋下大部分的高熱才不致命。

塗山的神情隨著九鱗身上的灰袍炭化剝落露出裡面獨臂上的蛇鱗後越發陰冷。塗山不笨，很多事情不用明明白白的說出來他已經能猜出大概了。

回想東王公給他的信中提到這裡有他的因緣，才初來乍到的，果然立即就遇上了。怨恨、獨臂還有蛇鱗。這三項碰巧湊在一起的可能性實在不高，但卻又出現在眼前。怪不得名字叫九鱗，原來他是蛇妖。

塗山一雙紅眼閃過一絲怒意，近期與他有過交集的誰和蛇妖有關？不就只有姬英嗎？她其中一條手臂不就換成一隻蛇手嗎？

塗山心裡有點怨念，東王公說的這份因緣可不是什麼好東西，雖然是他在意的事情，但東王公卻不事先多透露一點讓他好有個心理準備。

「你和姬英是什麼關係？」塗山肯定姬英和這獨臂蛇妖一定有關聯。想到走了歪路的故友，塗山的心情壞到極點，看著九鱗的目光要多狠就有多狠，他敢肯定姬英接駁在身上的手臂就是從這個人身上換過來的吧？那麼這個人就有可能是把姬英推上那條不歸路的罪魁禍首。

只要有一分的可能，塗山也不會放過他的。

「你還好意思提起她，是誰害她落得現在如此下場的！」九鱗陰狠的瞪著塗山，他眼中的恨意要是化成火焰，相信一定能把人燒得屍骨全無。

「明知她去做那些荒唐事卻不去阻止，你更該死！」塗山冷著臉並不做太多的說明，姬英現在被東嶽帝君監管，囚禁在地府服刑贖罪，要到何年何月才能再見也沒有人知道，要是她仍不知悔改，那麼重見天日的日子就更遙遙無期了。

「那是她的心願！」九鱗大吼一聲，腳一蹬再朝塗山衝過去。

流光劃過視線的剎那，九鱗的手上多了一根長針，當他來到和塗山只有三臂之隔時，他甩手令長針朝塗山疾飛過去，而且瞄準的正是塗山的眼睛！

要完全避開已經慢了一步，眼睛和頭顱同樣是要害，除非練就金剛不壞之身能夠刀槍不入，不然即使是仙人，被長針刺穿腦袋一樣活不成。

眼看塗山避不開，九鱗已經忍不住勾起一抹得逞的笑容，但很快他的笑容扭曲了。

長針來勢銳不可當，長針反射著塗了劇毒的暗色光澤也讓塗山不敢徒手接下，可塗山還是有辦法全身而退，只是他不喜歡有人太囂張，也最討厭用暗器的人。

紅傘在千鈞一髮之際移動了位置，擋在長針襲來的軌跡上。九鱗本不相信單憑一柄傘子就能擋下他的長針，自己的力道還有長針的材質九鱗最清楚，一柄傘子根本無法擋住，塗山的行動一定是徒然。

但意外，自然就是意料之外。

叮的一聲，長針像敲上另外一塊金屬般發出清脆的撞擊聲，接著掉到地面。針上塗的劇毒汙染了地上的積水，紅傘轉過白玉色的火焰瞬即把那部分的積水蒸發掉。

「又是一個向仙界獻媚討寶貝的！」

「人可以無知，但最好不要自以為是，前者我最多把你當笨蛋還能包容，後者就是巴不得打斷你的牙好讓你閉上嘴。」塗山不屑的說。他很意外自己遇上和姬英相關的妖道時還能保持冷靜，雖然也有生出把對方教訓一頓的念頭，但並不像直接面對姬英時那般衝動。

塗山無奈的笑了。這大概是因為姬英的處罰早已成定局了吧！而且他無法真正生氣是因為他一直覺得姬英的事自己也有責任，這麼多年來要是他多關心一下姬英的話，說不定她不會和這群妖道分子打交道，不混在一起就不會被人利用生事了。

若那位六皇子真的是霜离轉世也就算了，結果姬英卻是被人誤導利用，為了一個虛假的謊言犯下彌天大罪，完全不值得。

塗山是有些內疚，但不可能是因為九鱗的話而自責。

「你！」

「我怎麼了？我拿著仙人的東西你眼紅？這柄來自地府十殿的傘子這麼讓你羨慕嗎？你們不是還拿過更厲害的東西去騙姬英嗎？」

「我哪有騙過姬英！」九鱗激動的反駁，心中惱火塗山手上拿的竟然是來自地府的寶貝。

「沒有嗎？」塗山一個閃身，收起的傘子直接充當棍子朝九鱗掃過去。

甚少使用武器的塗山耍起傘子來身手俐落，招式也有模有樣，他不是一早就懂得用棍棒武術的話，就是在得到這傘子後練的；當然，比起耍劍，甩鞭子更適合塗山的作風。

塗山的攻勢讓九鱗躲避得十分吃力，傘子像鐵棍一樣堅硬，偏偏塗山還會突然打開傘子，那邊緣頓時變得像鋸刀般鋒利，見血封喉。

九鱗的衣服很快就多了不少缺口，他試著用自己的長針去擋，也想找機會再發暗器偷襲卻不成功，那柄紅傘子太詭異，九鱗完全看不出那到底是一件怎樣的寶貝。

狼狽的向後退開了一段距離喘口氣，九鱗還來不及思索下一步自己要怎樣脫險，塗山已經扔了一道火焰過來！慘叫聲下，九鱗倒在地上，身上被火焰糾纏，眼看自己剩下的手都要燒壞時，赤霞無聲的出現在他身邊，再一次把塗山的火焰熄滅掉。

「你是怎樣知道那個叫姬英的是被騙的呢？塗山大人？」赤霞雙手扠著腰、趾高氣揚的發問，那一聲大人叫得諷刺，而且他看著的卻是倒在地上喘氣的九鱗。

赤霞黑眼中的銀圈閃耀著異樣的神采，似乎現在這一幕正是他期待已久，又像是劇目進行得不合他的心意，所以他等不及便主動跳上舞臺為節奏加速。他一臉的笑，期待著塗山說出那句重要的對白。

「赤霞大人？你……你在說什麼？」

「所以說你很蠢。」

第六章 愚蠢的被犧牲者！

「到底你們是用什麼冒充輪迴書來騙過姬英的？」塗山也不兜圈子，直接了當的問。

對妖道端架子沒有用，既然赤霞想要借自己的嘴巴說出他想要的句子，塗山也不介意做一個順水人情，反正這謎團的答案自己也想知道。

被押解地府審問監禁的姬英只供出了那麼多，她只提到因為看了從地府得來的輪迴書，所以才有那樣的計畫，但問題是真品的輪迴書一直好端端的掌握在東嶽帝君手裡，沒有人會懷疑帝君隱瞞弄丟了輪迴書，因為那根本是不可能發生的。

那樣被地府嚴格管理的寶物，到底妖道是用了什麼以假亂真？

雖說關心則亂，但姬英也不是笨蛋，事情和霜离扯上了關係的確會讓她處事不夠冷靜，但正因事關霜离，姬英不會不先懷疑事情的真偽，所以能騙過她，那假的輪迴書一定不簡單。

眼前這名為赤霞的妖道，塗山過去聽別人提起過。只是他一向對事不關己的事都不太上心，誰爬上了妖王的位置或是妖王手下又出了什麼厲害的角色，他沒有太大的興趣知道；即使真聽過，塗山也很快拋之腦後，他現在還能找到對「赤霞」二字的印象已經很厲害了。

花時間記住了這些滋事分子又不會令他們不找自己麻煩，要是妖道膽大包天上門找碴，那問不問名字又有什麼區別？反正到時候都是要狠手教訓的。而教訓過之後，那名字也將從那天起被抹殺，塗山不介意把找麻煩的妖道先打至半死，再找仙界的友人回收破爛——敢惹上他塗山就會有這種下場！

塗山打量著赤霞。赤霞肯定知道姬英那件事的真相，反倒真正參與其中的獨臂蛇妖似乎才是一直被蒙在鼓裡，竟然對偽造的輪迴書毫不知情，但他卻又跟在赤霞的身邊辦事？這到底是怎麼一回事？

塗山唯一可以肯定的是：蛇妖九鱗和姬英的關係應該非比尋常，不然他不會願意把一隻手給了姬英。

那麼赤霞和九鱗二人是在演戲嗎？若是真在演戲，那他們的演技比世上所有的戲子都要精湛了。赤霞所表現出來的幸災樂禍和愉悅絕對是發自內心的，他的扭曲是真實的，看人看了上千年的塗山不認為演技可以騙過他的眼。

赤霞自然感覺得到塗山探問的視線但故作不知，他跳上舞臺只是想知道九鱗會有什麼反應，京城那破事從一開始便和他無關，他只不過是暗自查出了當中的問題卻沒說而已。

他會去查，完全是因為在那次之後，妖王迫不及待的把九鱗這個戰力一般、腦袋一般的下屬派到他身邊，這種此地無銀三百兩的態度他不懷疑不就是腦殘了嗎？這段時間看著九鱗這個笨得要死的蠢材一無所知的埋頭苦幹，赤霞早就看得不順眼，所以他想要看看當九鱗知道姬英一事的真相後是會崩潰？還是失去理智、瘋狂的找在幕後策劃一切的妖王尋仇？

兩邊的結果他覺得很有趣。不過，要是妖王能倒楣，他就更高興了。

姬英在地府什麼都說了，相信自視甚高的妖王現在肯定非常煩惱，赤霞也肯定下一步妖王要對付的絕對不是仙界而是他，所以他要妖王體驗一下什麼叫一子錯、滿盤皆落索的滋味。

想著愉快的畫面，赤霞低笑了起來，他眼神中略帶的瘋狂令人不由得生起一道憂心。塗山也一樣，他不怕強大的敵人，但會怕敵人是瘋子，因為瘋子做事是沒有常理可言的，他們想到什麼就做什麼，要是自己的想法與對方同步，恐怕那表示自己跟著瘋狂了。

「到底什麼是輪迴書？赤霞大人！」

九鱗看著塗山和赤霞二人之間沒進展的對話，臉色先是疑惑，然後恍然大悟，最後又變成不敢相信。

九鱗的表情越多變化，赤霞的嘴角弧度就越深。但赤霞留意到塗山沒有興趣多問的樣子，本來他打算讓這位享負盛名的狐仙氣急敗壞一下，可他還是低估了塗山的定力。

嘴角一牽，赤霞對此並沒有感到太過遺憾，畢竟都已經隔了大半年，對一名千年修行的狐仙而言，提起了也不能挑起太多情緒了吧？反正他還有九鱗，反應也足夠讓他滿意了。

九鱗掙扎爬起，身上的傷口讓他痛得齜牙咧嘴，但即使再痛也顧不得了，他想要知道一切，即使硬是挪動身體會傷上加傷，他也要爬到赤霞面前把事情問清楚。

「親愛的妖王大人沒告訴你嗎？」

赤霞在九鱗面前蹲下身，一手隨意的放在膝上，一手悠哉的托著頭，這樣近距離的俯視比他站著時更多了幾分揶揄輕視的意味。

「妖王大人為什麼……」

九鱗顫顫巍巍的把手伸向赤霞，他不是要赤霞扶他一把，他知道赤霞根本不會理他，但九鱗還是伸了出去，下意識的把赤霞當作溺水時遇見的救命稻草，他想要抓住赤霞，想要從赤霞口中聽到事實。

懷疑本來早已經埋在心底，要是真沒有什麼的話，妖王也不會在京城的事東窗事發後立即派他到赤霞身邊。他不問不查也只是怕，他怕知道了真相，也怕赤霞看穿他這個妖王的細作，最後失去容身之所。即使他有機會回到妖王身邊，相信在心裡的這份懷疑還沒問出口之前，妖王手下的勾宇大人絕對會搶先把他撕成碎片。

九鱗知道勾宇絕對不會容許妖道之中有質疑妖王的聲音，所以他們才會派自己來赤霞身邊當細作。

「那不就是因為你既蠢又好騙嗎？」

赤霞一聲輕笑聲讓九鱗的表情硬生生的僵住，心底更生出一道寒意。他想要追問，但嘴角張著卻無法發出任何聲音。

眼前赤霞這殘忍的表情他不是已經看習慣了嗎？為何現在他竟然如此恐懼？

打從九鱗來到赤霞身邊開始，這位喜怒不定的主子每天都是這副態度。赤霞對自己的輕視和冷酷，九鱗一直以為是因為赤霞認為他不夠強，但事到如今九鱗才發現原來不是。赤霞從一開始輕視奚落的原來是他本身，難怪每次赤霞讓他辦事或說話後，嘴角總是帶著一抹難以明白的笑容，看來在赤霞的眼中，自己可能比豬還要笨。

不知為何，九鱗發現自己不敢再看向赤霞的雙眼，他覺得那雙眼睛中的寒意很可怕；視線一轉，九鱗看到了一旁的塗山，那個狐仙也垂目看著自己，唯一不同的是他眼中既有著不諒解，但同時又有一抹同情。

他寧願被人嘲笑也不想被人同情，而且還是自己認定的敵人。

「赤霞大人！這不是真的……對吧？請您說這不是真的……」

「有句話叫冥頑不靈，你現在就是了。」赤霞故意張狂的笑著，站起身拍了拍袍子的衣襬，也拍開了九鱗朝他伸出的手。

九鱗想追問下去，他希望得到一個肯定的答案，但赤霞卻先一步伸手指搖了搖，一雙黑銀色的眼睛只剩下對他的厭惡和殺意，還有殘忍的笑意。他在笑九鱗現在還想不通整件事、笑他心甘情願的被人利用。

九鱗有心死的感覺，但他卻無法坦然接受自己一直被人欺騙的事實。

「赤霞大人……」

這一聲帶著絕望的叫喊只換來赤霞冷冷的一瞥，九鱗知道赤霞這次是真的不要他了。他和姬英被騙了，他們一個沒了一條手臂，一個被仙界抓住，而現在他自己連容身之所也失去了。

塗山聽著赤霞和九鱗兩人不知真假的對答。姬英事件的幕後黑手是妖王，並不是難猜的答案，塗山在意的是妖王到底是用什麼東西冒充輪迴書，他擔心既然妖王能做出一本假的輪迴書，那還有什麼法寶是他不能仿製的？

「他都已經這樣，你把事情始末告訴他不就好了？」

「狐仙大人真是善良呢！」

「如果你是想諷刺我就省口氣吧！我不痛不癢的。」塗山斜了赤霞一眼。

「他我早就不想要了，不只蠢，而且更是妖王放在我身邊的人，我竟然還留到今天沒殺了他呢！」赤霞說到一半時像是自言自語般。

塗山直覺赤霞已經不只一次提起妖王一定是有什麼內情，而且他雖敬稱妖王大人，但當中半分尊敬也沒有。即使目無尊上、我行我素在妖道一眾中不是新鮮事，可塗山覺得事情沒有這麼簡單，赤霞和和妖王之間一定有嫌隙！要是能找出他們之間有什麼問題，說不定就能把一切尚未解開的謎題破解了。

塗山雖然把心裡的想法掩飾得很好，但赤霞也不是省油的燈，他很清楚塗山想在自己身上得到什麼情報，不過塗山越想知道他就藏得越深，自白招供這一項活動他沒有排上今天的日程，他故意把人引來的目的也不是要自首。

「時間到。」

赤霞輕笑著說完這句話，人已不在原位，當塗山再次看到赤霞時，他人已經站在歲泫身邊了。

「塗山大人……你有一件事是十分大意的呢！那就是沒有第一時間帶這個人離開。」

赤霞呵呵笑著彎身把昏了的歲泫撈起，昏著的歲泫臉色比之前多了一些血色，但仍顯得略微蒼白。塗山想上前救人，但赤霞伸手擱在歲泫的脖子上，讓塗山不敢輕舉妄動。

「把人放了。」塗山臉色一沉。

換了挾持人質的是九鱗，塗山還有自信能把人質毫髮無傷的解救下來，但對手是赤霞卻不行，他要是動手，那青年脆弱的脖子恐怕得先被放血了。

「芙蓉要來了，所以這個人不能在那之前交給你。」

「挾持一個凡人算什麼？不覺得丟臉？」塗山硬著頭皮把這一套也搬了出來曉以大義，雖然這方法應該一點用也沒有，畢竟赤霞若是能講道理的話，就不會那麼殘忍的對待九鱗，而面對一個變態試試激將法說不定還多點效果。

「正義之士總是動不了手就曉以大義？動之以情？」赤霞遺憾的搖了搖頭後又笑了，那笑容就像他已經得到勝利般，而他的視線正好看向紅牌坊的方向。

「真正的第一位客人來了。」

塗山布下的結界在一聲巨響下被人從外邊打破，動靜是夠大了，但卻不會是芙蓉做的，那個丫頭會用她自己的方法潛進來，但一定還沒有把他的結界一擊打破的實力。即使她那些腐蝕水足夠厲害能在法術上腐蝕出一個大洞，但最多就是發出可怕的滋滋聲吧？

看赤霞在笑，會不會是妖道的伏兵？塗山心情不禁沉了沉。

來人既然能夠一擊打破他的法術，可見道行不低，這樣的人萬一是赤霞的同伴，在只有自己一人的情況下要應付還真有些吃力。要是自己的狼狽樣被芙蓉那丫頭見到，她一定會很不客氣的指住他鼻頭進行恥笑工程，這太鬱悶了！

那人現身前先招呼過來的是一道道水色劍光，縱橫交錯的劍光把鋪在大街上的石板打成碎片，地上出現了無數長長的劍痕。第一擊就以雷霆萬鈞之勢為自己增強氣勢！這是對敵人的威嚇，更是對出劍者自身的打氣，難道來人並沒有信心？

劍中的殺意太明顯，塗山在剛才的攻擊來到前已經先行迴避，反觀赤霞卻連一絲緊張也沒有，好像什麼都在他的掌握中似的站在原地不動，劍光颳起的強風把地上的碎石和雨水捲起，視野頓時被擋住。

雖然空氣濕潤、地上沒有揚起塵埃，但塗山仍是不得不舉起衣袖擋在眼前，待動靜冷卻下來後便看到從天空急馳而至的仙人。

塗山在仙界是有不少朋友，可現在見到的這位卻是素未謀面，他不禁有點擔心這位來勢洶洶的

仙人是否會把自己也視作妖道的一分子？這種情況通常想說明都會被人用「解釋等於掩飾」這句話堵住，萬一這位仙友正好是不聽解釋的類型，連自己也一劍砍了怎辦？

這個節骨眼自稱自己是東王公叫來的，會有人信嗎？

那位仙人一看到赤霞平安無事站在原地後，一雙湖綠色的眼睛憤怒得快變得一片通紅，看對方這麼憤怒想必也沒興趣聽他解釋，而且沒得到東王公點頭同意前，塗山不敢隨便亂說。正煩悶該如何表明身分時，塗山看了看手上的雨傘，安心的笑了。

他都忘了自己手上早就拿著很好認的信物了。

※　※　※

敖瀟、浮碧和雷震子三人私下到底達成什麼協議只有當時關起門的他們知道，從頭到尾敖瀟也沒有同意過浮碧在這當下單槍匹馬去找赤霞。

這兩位敖氏的族人在水晶宮中的身分都很尊貴，一位是龍王、一位是殿下，他們兩個剛吵起來還能記得自己的身分，用詞還算有分寸，但再多吵幾句下來，敖瀟這位六殿下先爆發了。

敖瀟的修養還好，沒有爆出連番的粗言穢語，但卻失了平常的風度，憤怒加上情急之下在浮碧前擱了狠話，說是寧願犧牲歲泫也不讓浮碧再出事。

這句話一說出口敖瀟就後悔了，這話不僅傷了浮碧的心，被芙蓉知道的話更會傷了她的心，但敖瀟咬牙死閉著嘴，不讓自己說出要收回的話。男子漢大丈夫自然是一言既出、駟馬難追，雖是衝口而出，但實際上也真的是他的心底話。

雷震子當場不自覺的摀住自己的嘴巴，平常仙人之間的護短心態都是放在心裡就好，說了出來事情反而不美，敖瀟這句話要是被那些衛道仙人聽到了，不巴巴的跑到玉皇陛下面前奏敖瀟幾本還不罷休，玉皇一天不下令懲罰，他們就會繼續死咬。

不過雷震子也只敢塞住自己的嘴不亂說話，他知道現在自己插口會說多錯多。

敖瀟的出發點其實很簡單，現在敵暗我明，在沒掌握更多的情報之前貿然行動極不妥當。行動派的雷震子雖是覺得婆媽，但卻找不到反駁的地方，最多就是把歲泫的安全提上去，讓敖瀟記得救人就好。

逼急了看看現在敖瀟說了什麼狠話了？都說出口不救人了，再逼他氣瘋了怎辦！

浮碧的焦躁雷震子明白，同樣浮碧也知道敖瀟的苦心。只是浮碧一想到不久之前他的部下們已經全部犧牲，他一個也救不了，現在歲汯就在眼前被抓走，浮碧實在沒辦法日復一日的等，等不到時機出現那就由他創造機會吧！

主意已決，浮碧也是個倔性子的人，他跪在敖瀟面前行了一個大禮。本來這大禮敖瀟受得起，但他現在卻是一臉的鐵青。

雷震子完全後悔自己沒有搶在芙蓉之前逃出去，偏偏待在這裡看浮碧和敖瀟吵架，現在可好啦！浮碧這大禮等同向敖瀟拜別了吧？

見敖瀟想要動手，雷震子連忙拉住他，一邊勸還一邊被敖瀟罵個狗血淋頭，好不容易雙方冷靜了些，敖瀟勉強把浮碧的堅持聽進去後，才算是達成一個頗勉強的協議。

整個過程雷震子一直都在抹冷汗。浮碧先把赤霞所有可知的情報全部說出來，整理報告等工作則由敖瀟負責，他也點頭同意了浮碧外出查探，只是不准浮碧離開曲漩城外，一定要在他趕得及救援的距離。

敖瀟是嘴硬心軟，將心比心，換了是他自己也會想去替部下們討回公道，但剛才狠話已說出口不能收；現在他讓浮碧出去也是有一個但書，浮碧必須毫髮無傷回來，否則回水晶宮一定會治浮碧的重罪。

這簡直是彆扭又不坦率的關心！雷震子不禁鄙夷的瞄了敖瀟一眼，結果被敖瀟狠瞪了回來，還附贈一個巨大冰錐轟的一聲砸到他的頭上，讓他痛得眼淚鼻涕都跑出來了。

浮碧知道敖瀟的意思，心領了沒說出來。試問和赤霞打起來怎可能毫髮無傷？他雖然有一次和赤霞對陣的經驗，但他還沒有找出化解赤霞那身詭異法術的方法，再次遇上也一定是場硬仗。可他一定要去，為了死去的部下們，為了救歲泫回來，以及救自己。

浮碧知道要是自己現在什麼都不做，那他這輩子就算完了，這次的悲劇一定會落下心魔的。

所以浮碧離開了珍寶閣。

浮碧原本也不知道自己該去什麼地方，最初他打算逐寸逐寸搜查，相信總會讓他找到線索的。但行動還沒多久，浮碧就發現曲漩城內架設了一道結界法術。

記起所有事情的浮碧對曲漩城的瞭解是敖瀟他們比不上的，法術出現的方向有些什麼浮碧立即了然，同時芙蓉向他提過的事情也在腦海浮現。

這城內的花街果然不妥！

判斷過法術的類型和強度後，浮碧認為破壞它並不是太難的事，他需要的只是時間，還有準備

的時候不受敵人騷擾。

他沒想過自己單獨一個人就能打敗赤霞，更不可能以他一人之力便救出崴泫。浮碧十分清楚要是自己的實力在赤霞之上，那龍宮的慘劇根本就不會發生。可是他沒有時間了，救崴泫的事必須爭分奪秒，崴泫多待在赤霞身邊一刻，危險就多一分。即使自己救不了人，但只要找到赤霞的蹤跡也夠了。

還有，龍宮裡的寶貝全被搬空，這是敖瀟親眼確認過的，浮碧不會懷疑敖瀟說謊，他也不認為除了赤霞之外還有一群人在龍宮遇難之後進去趁火打劫。

這麼多的東西一定會有收藏的地方，那不是儲物寶貝能完全容納的數量，既然他們搶了就要找地方放置，找到了那地方也比什麼都找不到好，他們或許可以從中知道為什麼妖道要收集這麼多的寶貝。

沒想到打破了結界以後立即就看到赤霞，看到他那張令人想要痛揍的臉孔，浮碧反而頭腦冷靜了下來。

赤霞無疑是仇敵，更是一個強大的敵人，浮碧自知單打獨鬥沒勝算，那只好先發制人了。

一擊下去，浮碧的心沉了一下，果然那道劍光對赤霞一點用都沒有。結界裡除了赤霞和他那個穿灰衣的手下，還有一個面生的人物，那人既非來自仙界，卻也不像是赤霞的同伴，看來赤霞的目標大概是那人手上的傘子吧？看上去就知道並不是凡品。

「無恥妖道，現在又想搶奪其他仙人的寶貝！到底有何目的！」

浮碧懸空在原地不敢妄動，他和塗山有著同一顧忌，就是赤霞要殺歲泫說動手就會動手，這可恥的妖道現在就是一臉期待的等待他們移動一步，好給他藉口動手。

浮碧不敢忘記那一幕幕血花飛濺的畫面，別說是認識的人，現在誰在浮碧面前受些傷、流些血，他也受不了。

「龍王大人這麼快就把一切記起來了嗎？看來我下禁制的手段還是太嫩了呢，沒有讓我好好的爭取到時間，還是說龍王大人的身邊有什麼特別的人，可以輕輕鬆鬆的把那樣的禁制弄掉？」

呵呵的笑語讓浮碧臉色鐵青，果然這傢伙是盯上芙蓉了！

同樣聽見了這番話的塗山也聯想到芙蓉那丫頭，果然那丫頭是個惹禍精，真的惹上了這樣一個大變態！

「廢話少說！把歲泫交回來！」浮碧怒喝一聲，自己身上曾有禁制的事他不在意，但是芙蓉能輕易解除一事他知道是絕對不可以說出去的，不用敖瀟向他明言，浮碧也知道那是一個不能亂說的祕密，絕不可以宣之於口。

而赤霞是在試探，他之前到底察覺到什麼？

「本來呢，從龍宮得到了那麼多好東西我是該好好還龍王大人一個人情，只是啦……他現在對我比較有用呢！」

一提起龍宮的事，浮碧身上的殺氣就要爆發了。

塗山在一旁聽得實在有種戰戰兢兢的感覺，這妖道不知道是特別喜歡用激將法，還是天生缺乏和其他人溝通的協調性，與自己部下還有和敵人說話都是用同一種挑釁的調子，唯恐仇家還不夠多似的。

塗山不禁在心裡腹誹東王公提供給自己的情報，現在一個龍王、一個妖道，兩人對話中提到的可疑字眼比信上提到的還多，塗山有一種自己被騙了來當打手的感覺。

眼看浮碧和赤霞之間劍拔弩張的態勢自己無法插手，塗山沒忘了還有一個九鱗等待處置。

「你那主人似乎沒空理你，識趣的就投降，要我動手的話免不了皮肉痛，給你十秒考慮。」

思緒亂成一團的九鱗根本沒有聽到塗山說了什麼，等他會意到的時候，塗山已經在心裡默數了十下，一聲「時間到！」便已經動手了。

塗山才料理好九鱗，那邊浮碧和赤霞的對峙仍是維持著原樣，除了浮碧單方面的殺氣越發提升之外，他們兩人根本動都沒有動過。

這樣膠著下去實在不是辦法。

第七章 敵不動，我先動！

在場的人不只塗山焦急，浮碧也無法動手，仙人最怕遇上劫持人質的狀況，總不能無視人質安全單想討伐妖道說殺就殺過去吧？

幸好現在敖瀟不在場，不然由他主導營救指揮，擒獲赤霞和拯救歲泫兩件事的先後次序，敖瀟必定選擇前者。

無論如何浮碧都不想敖瀟這樣做，對歲泫見死不救是絕對說不過去的，敖瀟那樣做了也是重罪，浮碧不希望結果變成那樣，所以他一定要想辦法。

赤霞看到來人只有浮碧一個感到有點失望，他還以為芙蓉會跟著一起來，不過想必也快了，赤霞對自己的預感很有自信，自己的預感從來沒有失準。做了這麼多為的就是芙蓉，他在期待著芙蓉到來，想到那生動活潑的臉將出現在自己面前，他心情就變得很好。

低笑了兩聲，赤霞在眾目睽睽之下摸了摸還在昏睡的歲泫的臉，接著就在大庭廣眾之下解了歲泫的衣帶、鬆開他的衣服，露出歲泫一邊的肩膀和脖子。

「喂！你幹什麼！」

浮碧和塗山只能以目瞪口呆來應對赤霞的行動，塗山好不容易才反應過來吼了一句，光天化日之下雖然沒陽光，但當街一個男人扒開另一個男人的衣服太有傷風化了！

「你這個變態！光天化日之下對歲泫毛手毛腳幹什麼！還我歲泫的清白！」

人未到聲先至，從天空飛著來的芙蓉聲音提高了八度的怒叫著。她氣急敗壞的想要直飛過去，但立即被跟在身後的雷震子一把抓住衣領扯住，他們兩個在半空你爭我奪了一會兒後總算決定好先後次序，由雷震子先打頭陣擋在前面。

芙蓉乖乖的跟在雷震子身後，冷靜下來後她也同意這是個正確的決定，不過她還是催促雷震子快點上前掃蕩變態。

「不行啦！」

雷震子死命的抵抗芙蓉推他的力道，芙蓉不得手，竟然對他的大翅膀動手了。

「芙蓉！太過接近會變靶子動不了的！」

雷震子這句話倒是提醒了芙蓉，貿然過去若又中了赤霞的法術，他們就只能坐以待斃了。

雷震子挾著芙蓉一起降落在一旁的屋頂上，面對芙蓉無聲的催促，雷震子連忙拿出他的長弓，剛才出場時沒能威風八面，現在正是挽回的好機會！

一彈指，雷震子手上多出一枝箭矢，這次不再是東王公的金箭，而是天將們使用的好東西，既耐用，穿透力也強，正好用來測試赤霞的身邊是否有那個會控制所有事物的空間存在。

浮碧交代自己對赤霞所知的情報時芙蓉不在場，但雷震子卻全都聽進耳裡了，浮碧把龍宮慘劇的經過仔細的形容出來，當中他著重提及的正是連敖瀟也栽過的那詭異的法術——赤霞不但可以限制某距離內的人的行動，在一定的範圍內他更能完全化解別人對他的攻擊。即使只有這兩點，雷震子也不得不小心應對。

「最好一箭拿下他！」芙蓉小聲的在雷震子身後打氣。

待箭弦聲響起，芙蓉屏息靜氣的看著利箭越來越接近赤霞。眼看即將命中時芙蓉不禁歡呼，可惜箭矢最後停在目標前一步，銀色的箭頭指住赤霞的眉心卻凝滯在空中不動，要是箭矢沒停下，說不定雷震子已經拿下他了。

「可惜！」芙蓉十分失望，不過回心一想，要是這麼簡單一箭就能把赤霞收拾掉，世上就不會有「禍害遺千年」這話了。

「真讓人傷心。芙蓉妳一見面就這麼想把我除之而後快嗎？難道沒看到我很吃力才擋下這一箭嗎？」赤霞的長指在半空中的箭矢上來回撫摸著，指尖在碰到箭頭時劃了一道傷口，血珠子從傷口裡滲出來，他瞇著眼把手指移到脣邊，視線一邊看著芙蓉、一邊把那血珠子舔了。

剛才的千鈞一髮也是赤霞故意營造出來的，很明顯目的是戲弄芙蓉。

看著從芙蓉到來後赤霞的表現，塗山感到毛骨悚然，他活了上千年，見識過不正常的人裡，赤霞是第一個讓他不住的感到不安。若他是個姑娘家，恐怕早在街頭遠遠看到赤霞的影子都要尖叫著逃走了。

赤霞身邊有著無法突破的範圍，確認這件事後所有人都陷入沉默之中。

赤霞放下了歲汯，任由他軟倒在地上，接著他笑得愉快的朝芙蓉伸出手。這動作帶著異邦男子爽朗豪邁的風情，但是配上他那笑臉，芙蓉只覺得那像是金魚叔叔準備拐小孩的嘴臉，要是笨得走過去，會連個死字怎麼寫都不知道就歸天了。

芙蓉嘴角抽搐般看著赤霞那張她想痛揍的笑臉，她相信要是把赤霞這號人物推薦給東嶽帝君去抓厲鬼，一定事半功倍，厲鬼們絕對會覺得下地獄比被赤霞糾纏要好太多！

「芙蓉，我等妳很久了，來我這邊吧！」

赤霞熱情的表現非但沒感動芙蓉，他一開口便讓早已雞皮疙瘩掉滿地的女仙更驚恐的縮在擋箭牌身後開始怪叫。

「去你的！老子活生生的站在這裡，你休想調戲芙蓉妹子！」

自己認的妹子在身後怪叫著有變態，被人家喊了一聲哥的雷震子頓時怒不可遏，這妖道竟然明目張膽的在他面前肆無忌憚調戲芙蓉，腦袋中的理智線差點就要扯斷了，衝動派的他一邊怒叫、一邊連發十幾枝箭，浮碧想要提醒歲泫還在赤霞腳邊也已經來不及了。

箭矢落地時發出叮叮噹噹的聲音，雷震子射出的十幾枝箭全掉落在赤霞五步之外的地上，沒有一枝能像剛才那樣靠近赤霞觸手可及的範圍。

「芙蓉，只要妳再過來一點，我可以告訴妳這一切的原因，說不定我高興了，連自己的弱點也會告訴妳呢！」

赤霞提出的利誘，的確讓芙蓉有些心動，赤霞只不過是說「過來一點」，並沒說要多近，她現在向前踏一步也是「過來一點」，算是應了赤霞的要求吧？

芙蓉想著不知道這樣取巧能不能成功？

但想深一點，她也自覺這想法太天真，赤霞又不是老實人，到時候自己笨笨的走前幾步，赤霞食言不守承諾的話她又來不及逃，絕對是得不償失。

「妳別認真考慮！」

原本有雷震子和另一名仙人在場，塗山是不想插嘴的，但是芙蓉那躍躍欲試的樣子實在讓他覺得背上都要冒出冷汗了……她竟然會認真的考慮一個變態的提議？塗山懷疑芙蓉的腦子是短暫性進水了。

「咦？塗山？為什麼你會在這裡？」

後知後覺的芙蓉現在才發現塗山的存在，她一臉愕然的從雷震子身後飛快的衝到塗山面前，伸手就想掐向塗山的臉試試看這是幻覺還是真實的。

「眼看手勿動，本狐仙的臉是妳能掐的嗎？」塗山哪會讓芙蓉得逞，巧妙的擋開芙蓉的手後，反客為主彈了芙蓉的額頭一下。

「嗚呀！」

「妳真是白長了一雙大眼睛，出門在外除了眼睛要睜大，心眼也給我多點兒，不然怎樣被賣了都不知道！」

塗山把忙著撫額頭喊痛的芙蓉拉到身後，千鈞一髮之下揮出火焰把幾枚朝自己彈射過來的東西燒成了灰燼。

他狠瞪向赤霞的方向，換來的是對方一臉詭笑的把玩著手上的暗器。

「我說芙蓉，我很明白妳惹禍的能力，但妳到底是從什麼地方惹來這種對手？看上去他的變態不是因為戀慕妳，而是對妳有異常的佔有欲和執念，用狂蜂浪蝶來形容他也是說輕了。」

塗山用一種不甚苟同的視線打量芙蓉，看來看去他都發現不到芙蓉身上有什麼女性優點這麼惹桃花。不論是仙界還是凡間，總是有一大堆人爭著要把她放在心上的。

不過，塗山認為自己應該不算數，他只是看不慣小輩亂衝亂撞危害他人安全才伸出援手，還有最重要的是李崇禮很擔心，所以他是不幫不行。仙界的仙人從小看她長大，呵護她實屬正常，但看看芙蓉現在竟然進化到連妖道中的變態也招惹來了！

「我被纏上也很無辜的！」芙蓉氣得跳腳，她要澄清自己真的沒有做過什麼事招惹來赤霞，完全是對方硬要糾纏過來的！

一想到這事她就有氣，不過之前在龍宮的不快經驗讓芙蓉也學乖了點，在赤霞面前絕對不要逞強跳出去。

芙蓉本想問塗山為何從京城跑來，但她又擔心萬一李崇禮的事被赤霞聽到會旁生枝節。李崇禮只是普通人，萬一行事作風不定的赤霞心血來潮找李崇禮下手就糟糕了！他現在已經抓了歲泫，她不能讓受害人數再增加了。

「芙蓉，聽年長者說的準沒錯，歷史上太會招蜂引蝶的女子都沒有好下場的，要注意呀！」

塗山明明是說給芙蓉聽，卻又要裝作在自言自語。他實在是有感而發、不說不暢快啊！芙蓉被糾纏的情況和那些被稱之為「妖姬」的女子有些不同，但她若繼續沒自覺下去，最後想撞牆的一定是她。

芙蓉嘟著嘴委屈的低著頭，她也知道凡事有因必有果，但她哪知道赤霞纏自己是什麼原因！她現在要做的不是思考赤霞盯上自己的原因，而是如何能從赤霞手中救回崴泫。

看到崴泫奄奄一息的倒在地上，芙蓉很焦急，可憐的他已經被赤霞這個變態抓去一天，天氣又冷又濕，又不知道赤霞有沒有給崴泫吃飽飯，也不知道赤霞有沒有虐待他……

「芙蓉，快過來吧！」赤霞再一次呼喚，這次不是伸出一隻手，而是變成張開雙臂，活像等待情人撲進懷裡去似的。

「混帳！不要這麼親切的喚老子妹子！」

赤霞不理會雷震子的怒叫，他收回手、踏前一步，姿態和嘴角的笑依然從容，只是眼神變得不同了。在他把視線從芙蓉身上移開之際，那雙日蝕眼變得凌厲，也多了幾分殺氣。

在場唯一跟赤霞交過手的浮碧大驚失色的連忙擺出防禦的姿勢，雷震子和塗山也同時戒備起來，但預想中的猛攻並沒有出現。

只見赤霞轉了轉頭，然後伸出一手平舉著，以手背朝天的姿態維持了一會兒，突然手指頭靈活的動了幾下。

他這一連串的動作太不自然了，而且看似大有文章，戒備中的三人臉色變得極度難看。

「塗……塗山……」芙蓉不知道怎樣說才好，她說不明白現在的情況，靈氣的流動變得有點奇怪，有一剎那她似乎覺得眼前暗了一下，但想要找出不妥的地方卻又沒有頭緒。

這種感覺就像一開始她想利用靈氣來鎖定曲漩內活動的仙妖人物時一樣，她感覺到異樣，但不知道問題出在哪裡。

「芙蓉妳最好離我們遠些。」塗山凝重的垂眼看了看自己拿著傘子的手。

芙蓉沒聽話，反倒立即湊了過去。她發現塗山拿著紅傘的手微微在顫抖，手上還現出因為用力而冒出來的青筋，這不是因為怯場產生的抖震，而是使力和什麼對抗才會抖成這樣。

「這是搞什麼鬼！」雷震子吼了一聲。

雷震子所在的位置距離赤霞最遠，受到的影響也較小，而當他發現自己的活動受限制時，連忙拍翼飛離從原地退後，但這一退想要再向前就難多了。現在他是進退不得，連他想過去把芙蓉帶出來也辦不到。

「算了！少一個也不是什麼大不了的事情。」

赤霞手上的動作停了下來，換成單手支著頭的姿態。他看著退後不少的雷震子，滿臉笑容，反正他不怕那些普通的弓箭，且身邊有人質在，更不怕雷震子會利用落雷攻擊他；沒困著雷震子也都不礙事了，他根本不足為懼。

「芙蓉，不要讓我重複說太多次，來吧！難道妳不覺得我們其實滿般配的嗎？」

赤霞再次向芙蓉伸出手，但語氣已經不像開始時那麼溫和。若是心情好時，芙蓉的拒絕赤霞會當成是情趣，但是現在形勢有點不同，他剛下的暗手離發作也沒剩下多少時間了，他要把握時間，不能在無謂的事情上拖拉。

「芙蓉別過去，不用聽他的。」

浮碧和塗山不約而同的阻止說著。但聽到他們異口同聲的關切聲音，芙蓉不禁有點汗顏，原來她在他們眼中是個會乖乖聽敵人說話的笨蛋嗎？

「是很像，妳完全不用懷疑。」

看著都已經板著一張臉在使力對抗不明外力的塗山，居然還有心情揭穿自己的腹誹，芙蓉是無奈又心急。

慶幸的是，赤霞似乎沒打算一下子就打倒他們，現在正控制著他們的力道還在自己能應付的範圍內，但塗山也不知道自己能支撐多久。

浮碧也是一樣，他持劍的手在微震，水色劍尖不住的微微跳動。他忘不了當初在龍宮時，他的部下就像現在的自己一樣一點辦法都沒有，不是站著就是被操縱去攻擊其他人；而他自己想施救卻被赤霞拖住，只能看著還支撐著的部下越來越少。

現在又要重演了嗎？

「你就只會這樣的手段嗎？」浮碧冷聲道。

「身為和仙界作對的妖道，龍王大人不會是認為我還要行事光明正大吧？比起某些人，我覺得自己已經算是光明磊落了。再說勝者為王、敗者為寇，龍王大人應該很清楚我的能耐，主導權在誰手中你不會不知道。」赤霞表現得不太耐煩，他抬起手，手背朝天像是木偶師那樣動著他修長的手指。「我這一手不是在龍宮表演過給你欣賞了嗎？還是這部分你尚未記起來？」

隨著赤霞手上的動作，芙蓉的心臟不禁緊縮了一下，她甚至覺得胸口痛得不由自主的要揪住衣襟來撐過這突來的刺痛。

一聲悶哼響起，已經無法再抵抗赤霞操控的浮碧拿著劍的手飛快劃了自己一劍，芙蓉努力壓下胸口的痛想要過去，卻被浮碧厲聲阻止了。

鮮血從浮碧的劍尖流下，被劍劃破的衣袖血淋淋的，芙蓉想起了浮碧被他們救回來時那一身的重傷，難道那全都是赤霞讓浮碧自己弄的？還是他操縱了龍宮的其他人，讓他們攻擊浮碧？

深吸了一口氣，芙蓉忍住胸口的不適，從塗山身後的位置跑了出來。

先不理她的出發點，赤霞見到她的接近十分高興，但卻沒有為此停下手上的動作。一劍是不夠的，赤霞想讓浮碧再砍自己一記，手指正要動作時，一條長鞭直擊他面門！赤霞難得屏氣凝神瞪著眼睛驚險的避過，但這道攻擊仍在他的臉上留下一道血痕，火辣辣的感覺讓赤霞興奮的笑得肩膀不住抖動。

「赤霞！別以為本女仙實力不強就可以肆意欺負！識相的話馬上解開所有的法術束手就擒！」

「哦呵！生氣了！我期待妳這樣很久了！」

赤霞抹了一下臉上的傷，傷口很快就消失不見只剩下血跡，他看著自己的血好像很好奇，視線轉到芙蓉手上的長鞭。

「被妳用鞭子打，果然是會令我很高興。」

「閉嘴！」

芙蓉又是兩鞭甩過去，赤霞故意退後了些，令芙蓉要避開地上的歲泫才能攻擊，這樣一來攻擊的手法便被限制，實戰經驗尚嫌不足的芙蓉只好咬緊牙關想辦法。

赤霞對自己有什麼打算仍未明朗，而現在他獨獨對她放水、沒限制她的行動，趁著還能自由活動芙蓉倒沒想過轉身逃跑，她肯定自己一逃赤霞就會下手，她要保有這不知何時結束的自由，盡可能做最多的事。

芙蓉出盡全力的攻擊對赤霞而言不足為懼，雖然芙蓉已經洗脫一開始的稚嫩，但仍是少了幾分和高手生死戰的經驗。赤霞從一開始就只是陪她玩，她出鞭想要趕他遠離歲泫，他糾纏了一會兒也如她所願的退開，乾脆站在大街上看著天空下的細雨，等待芙蓉的下一步。

這是他準備好的屬於今天的壓軸。

赤霞想要知道芙蓉會怎樣做，當她到達歲泫身邊一定會查看他的情況，那麼自己剛才留在歲泫身上的東西她一定能察覺。

她會怎樣做？想到芙蓉可能會有的反應，赤霞自顧自的笑著。一邊笑，他一邊等待芙蓉與師問罪，為此赤霞連浮碧和塗山也不予理會，明明這是收拾仙界兩個戰力的大好機會，但赤霞卻一點也不在乎。

他淋著雨等著，看著芙蓉扶起歲泫查看時露出的緊張還有不知所措，赤霞那雙如日蝕般的黑眼睛中掠過一種又一種的複雜情緒，他的眼神變得有些空洞，像是陷入某些思緒中出了神。

芙蓉顧不得男女授受不親這些迂腐的規條，她抱住歲泫的上半身查看他的狀況，額上很熱，明顯在發燒；細看下去，芙蓉大驚失色的發現不妥當，歲泫身上的氣息極度混亂，一時之間她也慌了手腳，好不容易冷靜下來之後，雖然於禮不合，但情況緊急她也顧不得歲泫的清白，直接把他已經被扒開了的衣領再扒開了些，結果在他的鎖骨處找到她要找的東西。

一個指甲般大小的黑點像是烙在歲泫的皮膚上，一道道黑絲從這個黑點向外擴散。芙蓉立即倒抽了口氣，連忙在歲泫身上點了幾下，用自己的仙氣阻止那些黑絲繼續擴散。

「赤霞你對歲泫做了什麼！」芙蓉厲聲質問，她也被自己的聲音嚇了一跳，沒想到她竟然可以發出這麼威嚴的聲音，完全把怒意反映出來。

當初李崇禮被別人詛咒，身體因邪術的穢氣影響而生病，那就像是每天餵一點點毒，時間拖久了、毒藥累積夠多時，等同人被穢氣損傷得深就會沒救。但那畢竟是透過凡人施展的邪術，只要李崇禮還沒有嚥下最後一口氣，芙蓉有很多辦法可以把人救回來。

歲泫的情況雖然類似李崇禮，不過他卻是一下子被人灌了猛毒，哪怕是遲了一秒，都會延誤救治的時機。歲泫身上被下了和浮碧之前的禁制類似的東西，赤霞一定是故意為了傷害歲泫而這麼做的；歲泫只是個凡人，身上什麼道行都沒有，把用在龍王身上的禁制搬到他身上，歲泫會被折騰死的！

這一切對赤霞來說都只不過是一個手段，一個他用來確認芙蓉擁有的能力的手段。為了達到這個目的，他才把歲泫抓來。歲泫死不死也無所謂，赤霞要的是一個芙蓉沒辦法拖延也無法迴避的狀態，他要迫著她在自己面前使用她的能力。

「妳已經知道了，不是嗎？」赤霞歪著頭笑說，笑芙蓉的明知故問。

他慢步的走過去。

他每向前一步，芙蓉就抱著歲泫後退，但多了一個昏迷不醒的人，芙蓉避不了多遠，很快赤霞已經來到她的面前彎下身。他伸出手，那沾過他自己鮮血的手指靠到芙蓉的臉頰輕輕的滑過，沾上她頰邊的眼淚。

他垂目看著芙蓉，四目相視，赤霞在眼中表示：要救歲泫就用妳隱藏起來的能力，想要繼續隱藏下去的話，由得他去死就可以了。

「歲泫是無辜的！你到底想要怎樣！為什麼要這樣對他！」芙蓉帶著滿滿的怒意質問。

赤霞仍舊垂目看著她，嘴邊勾起一個自嘲的笑容：「這世上誰不是無辜的？」

突然赤霞退了一大步，他的手擋在臉前，隨著他的動作地上傳來幾聲不祥的「滋滋」聲，一個已經被打開的黑玉瓶子摔碎在地上，裡面裝著的東西灑了一地，和雨水混合後冒出了白煙。

芙蓉才不理會敵人在說話時要乖乖不動的見鬼不成文規定，敵人分心正是最好的攻擊時機，她不趁這個時候扔出必殺一擊就太笨了！

芙蓉身上的寶貝不少，令潼兒聞風喪膽的腐蝕水對敵最有效，把這東西當頭潑過去，她就不信赤霞還能臉不改容！

趁赤霞退了開去，芙蓉連忙把一片吊命一流的人參塞進歲泫的嘴裡含著。

芙蓉這一手讓跟她同一陣線的三位仙人不由得汗顏，當仙人還是用更光明正大的方法比較好吧？

塗山的感覺特別複雜，他不是第一次見芙蓉潑這東西了，每次看她潑得輕鬆自在連半分心理負擔也沒有的樣子，他真擔心有天芙蓉會很順手的把這玩意招呼到自己身上。

「痛呢……」

赤霞看向自己被潑到的手，被潑到的位置不斷冒出紅黑的血水，傷口更加是慘不忍睹，他即使極力克制也阻止不了身體因為疼痛而產生的顫抖，臉上也首次出現痛苦的表情。

芙蓉是第一次拿腐蝕水潑中活生生的人，之前潑中的是鬼魘不算是活物，眼看赤霞這樣的變態竟然也痛得變了臉色，芙蓉有點後悔，她還是對敵人不夠狠心呀！

「本來想再玩玩……但妳潑的這東西有點麻煩，別怪我不讓妳動了。」

「你卑鄙！犯規！有本事單打獨鬥！」抄起鞭子準備往赤霞招呼過去時，芙蓉手腕一僵，長鞭失去動力，鞭尾打到地上去了。

芙蓉咬牙瞪著赤霞，她動不了，現在想要攻擊赤霞也只有用和上次龍宮同樣的形式，但上過一次當，赤霞還會無防備的接近嗎？

赤霞把腰帶解下包住正滲著血的手，連帶把身上被蝕了幾個洞的外衣脫了下來扔到一旁。

芙蓉做好被吃豆腐的心理準備，他每向前走一步芙蓉就心驚一下，她只有向自己打氣、要自己忍辱負重，他敢接近她就找機會再用靈氣傷他一次！

「我們是在單打獨鬥沒錯呀！我沒有讓他們插進我們之間不是嗎？」赤霞停在芙蓉的面前，眼睇了睇，彎身欣賞她的鐵青臉色。

「你有本事不要找我這個弱質女流打呀！那邊有千年狐仙你不找他幹嘛找我！」芙蓉氣得口不擇言，也顧不得塗山聽見她出賣自己時臉都黑了。明明比她漂亮嬌俏的女仙多的是，她又沒有惹火身材，腳也不夠長、腰又不算細，他要調戲找別人去呀！

「妳真確定自己是弱質女流？」赤霞搖了搖自己包著的手，一臉疑問。

「你有見我長得虎背熊腰，揮一拳就能劃破長空，踢一腳就能崩裂大地嗎？」芙蓉說得一副咬牙切齒狀。

面對步步進逼、臉孔都已經湊到自己面前的赤霞，芙蓉只能從口角上討些甜頭，兩張臉的距離太近，芙蓉乾脆咬脣閉眼。然後，她聽到他的輕笑聲從面前往她的右手邊移動，右邊耳朵被他吹得發癢。

「弱質女流可破解不了我下在龍王大人身上的禁制。」

赤霞的脣貼著芙蓉的耳邊，溫熱的氣息讓她抖震著，赤霞又呵呵笑了兩聲，右手緩緩的舉起滑過芙蓉的臉，指尖停在芙蓉的鬢邊。

「我特別告訴妳喔！之前妖王大人下了命令，讓所有的妖道四處幫他搜羅仙界的法寶，那本輪迴書就是利用那些搶奪回來的寶貝造出來的。」

赤霞帶著笑意的聲音在芙蓉耳邊落下，下一秒，她閉著的眼睛只覺得有一道強光閃過，接著是來自赤霞的一記悶哼。

第八章 錦囊……妙計？

暖暖的感覺包圍在自己的四周，好像那時她以為要被姬英幹掉的時候，被東王公送贈的東陽藍玉救了那般，芙蓉下意識的有些希冀的抬起頭，想著那個熟悉的背影將會出現在自己的身前，他會保護自己。

心安的感覺覆上心頭，可又帶了些不甘心，自己太沒用，又讓東王公幫忙了。也是因為自己還成不了大器，所以東王公才會送了一塊東陽藍玉給她防身；而頭上戴著的這件髮飾，芙蓉也知道東王公把不少法術放了進去，為的就是萬一發生什麼事時可以保護她。

可能的話，芙蓉真的不想動用這些寶貝，但偏偏上天要開她玩笑，讓她平平安安的過了大半年，從夏天開始，順利的度過了冬天，來到新的一年，才初春就讓她多災多難。

在這道光線之下，芙蓉發現自己又能動了，在與上次一樣的一片白色柔和的光芒之下，赤霞仍舊站在她面前，他的手還維持著之前一樣的動作停在她的鬢邊。不同的只有他現在那隻手上不停的滴著血，手臂上都有被利刃割到的傷口。

赤霞的日蝕眼仍對著芙蓉的視線不動，眼神很平靜，即使現在身上滿是傷痕他仍是眉頭也不皺一下。

「呃？定……定格了？」芙蓉被赤霞盯得心裡發毛，連忙拖著歲泫跑遠一點。

「才沒有呢！只是痛得一時間動不了。」赤霞把染血的手收回，手掌上的割傷令他很艱難才能握拳，這樣一個小動作也撕扯著傷口，每動一下都令血流加劇。

赤霞血流如注的樣子嚇了芙蓉一跳，看見赤霞現在這一身血的樣子，芙蓉莫名的感到心頭蒙上一層陰影，有一種不安的感覺在蔓延，但原因她卻想不明白。這股不安讓芙蓉有點手足無措，東王公沒有出現，不安的她只能依靠藏在衣服下的玉珮帶給她踏實感。

白光所到之處除了芙蓉重獲自由之外，塗山和浮碧二人也擺脫了赤霞的限制趕到芙蓉身邊。兩袖沾血的浮碧橫劍擋在芙蓉身前戒備，而塗山充當苦力背起了歲泫，他們兩人都在催促芙蓉和赤霞保持距離。

「看來我是沒辦法跟妳單獨好好的談談了。」

赤霞把手湊到嘴邊舔著自己的鮮血，可能是因為受傷而顯得較之前蒼白的唇，因此抹上一道妖異的赤色。

浮碧看不過去，身影一閃，水色長劍的利刃已經擱在赤霞脖子上，他現在只須把劍拉一下就能割斷赤霞脖子上的血管。

浮碧真的想這樣做，只要這一動手，他龍宮裡犧牲的部下就能大仇得報，但是他在這一刻卻猶豫了。

「往這裡割下去，難道下不了手嗎？」赤霞看出浮碧在猶豫，他笑著側起脖子，還伸手解開了衣領，把脖子完完全全的露出來。

他和浮碧對視著，眼神中不無向浮碧挑釁的意思。

赤霞故意把脖子挨到劍刃上，鋒利的劍刃立即在他的脖子上加上一道淺淺的血痕。赤霞還想再湊近些時，浮碧卻把劍移開了。

赤霞只是勾了勾嘴角，沒有挑釁下去，但眼神又再肆無忌憚的看向芙蓉，他的笑由原本令人反感的張狂慢慢變得一臉嚴肅。他擺出這樣的表情，反而讓芙蓉對他的警戒深了幾分——事出反常必有妖，赤霞絕對不是會正經的類型，他擺出這種嚴肅臉一定是有什麼目的！

赤霞才要張口說話，芙蓉立即用快得會咬斷舌頭的語速先發制人。

「我們沒什麼好談的！坦……坦白從寬……抗拒從嚴，赤霞你還是什麼都不要做，束手就擒，最多我幫你寫信求情！」

芙蓉不知道為什麼自己不想知道赤霞要說什麼，只是直覺要截住對方發言，危急的時候順著直覺準沒錯。但當她看見赤霞真的閉上了嘴，那張臉上多了幾分寂寞的表情時，她卻覺得自己做錯了

什麼似的。

有一種淡淡的罪惡感在蔓延。

芙蓉咬了咬唇，她只不過是不想聽一個妖道狡辯，為什麼會生出罪惡感來？芙蓉告訴自己這一切都是錯覺，她是不想看到赤霞被打死，即使他是十惡不赦的妖道，她也寧願他被抓起來關押贖罪，但她不應該有罪惡感才是。

「也是呢！妳是仙界的天之嬌女，和我這樣的妖道確實是沒什麼好說的。」赤霞沒有糾纏，只是淡淡的掃了芙蓉一眼，然後伸手撥開浮碧的劍轉身往回走，順手撿起自己之前脫下的外衣。此時，他手上的血仍不斷的滴落。

「下次再見面的時候就是閉幕了吧？不……說不定不會再見了呢！」

「誰說要放你走！」浮碧憤恨的看著自己手上的劍，還為剛才自己下不了手而生氣。

「你們不如擔心一下可憐的他？時間不多了，人你們已經救了，死在你們手上可不再關我事。」赤霞呵呵低笑。

浮碧長劍一揮，劍光化成道道殘影襲向赤霞，已經負傷的他閃身躲避，刺激的動作讓赤霞在地上留下一道道的血花。再繼續這樣下去，赤霞不必被浮碧刺中，也會因流血不止而倒下。

「今天不能再奉陪了，我這條命還得留著在妖王的重頭戲上。」

自己的身體情況赤霞最清楚，在這白光下，四周照得只剩一片白，連影子都沒有了。赤霞心知自己最得意的技倆在這樣的環境下無法施展，拖下去沒有好處。

看來，他是有點低估了仙界那些大人物對芙蓉的保護。看著手上癒合速度極慢的傷口，赤霞不禁想到要是這白光的法術再強一點，自己這手還能不能連著身體？雖然是很驚險，但他卻不由得會心微笑了。

「可惡！」

「算了，這白光不是結界，讓他逃開就抓不回來了，現在就交給留在外邊的雷震子看看能不能擋住了。」

塗山阻止浮碧追上去，這白光無庸置疑是芙蓉戴著的某個東西造成的，有效範圍也以芙蓉為中心，追出去一旦離開了白光的範圍，赤霞操控他們的法術又會見效了。

這無疑是東王公的法術，親眼在皇宮看過東王公的結界後，塗山敢說自己不會認錯。那位比他這個狐狸精藏得更深的大人物，這次到底又擔當了什麼角色？

塗山的視線掃過芙蓉的髮飾，他記得這是東王公下凡那次之後芙蓉才戴著的，剛才赤霞的手伸到附近立即就得了一身傷，但既然赤霞觸動了芙蓉身上那個寶物上的法術，但赤霞的傷卻沒有性命之虞，看上去就像是東王公故意放他一條生路。

塗山是沒有證據，但赤霞最後說的話卻不禁令他多想……到底這件事的背後，還有多少是他們不知道的？

浮碧深呼吸一口氣，把情緒平撫下來。冷靜下來後，他與塗山交換了一道視線，雙方盡在不言中，但兩人心裡已經有著相同的疑問。

浮碧有些不甘，但也只能嘆了口氣，收回劍後，來到芙蓉身邊，查看了葳泫的情況。果真如赤霞所言，葳泫的情況沒辦法再拖下去了。

「拜託妳了，芙蓉，不要讓他死。」浮碧緊握著拳頭，完全無能為力的他也只能低頭拜託了。

「葳泫不會死的！我保證！」芙蓉信誓旦旦的保證。

※　　※　　※

雷震子被突如其來爆出的白光嚇了一跳，幸好他還保持著一個天將該有的警覺性，在異象出現的同時，他立即設下了障眼法術，不然曲漩城內又要傳出一個怪談了。

「是時候把第一個錦囊打開了！」

確定障眼法運作正常，四周也沒看見有跑出來看熱鬧的人，雷震子還特地飛高一點，居高臨下確定沒有發現敵人從外頭過來的蹤跡後，他一臉期待的從衣襟裡摸出一個綁上封條的小錦囊。

像任何一個熱血青年一樣，雷震子也異常喜愛必勝錦囊、必殺技等字眼，他下凡來除了要先辦妥東王公吩咐的布置外，就是等待使用錦囊的時機。好不容易等到這個時機點，他萬分期待錦囊裡面寫著什麼驚天地泣鬼神的妙計。

這當中包含了雷震子的玩心，畢竟天將打仗也極少有用到錦囊的時候。同樣的東西雷震子之前也交了一個給敖瀟，相信敖瀟現在也準備打開錦囊了吧？

雷震子藏不住笑意哈哈笑著，當紙條從錦囊中逐點逐點拿出來後，光看到一丁點墨跡便已讓他心跳加速。大力的深吸了口氣後，雷震子一口氣把紙條拿了出來，但上面寫著的四個字卻讓雷震子原本激昂萬分的心情瞬間冷卻了。

「按兵不動？這是幹嘛？」

「就是字面上的意思。」

秦廣王抱著畫卷、撐著傘信步而至，畫卷被他包在錦盒內，以避免沾了水氣；而小倩則是怯生生的飄在秦廣王身後不時探頭偷看，似乎對仙妖大戰很有興趣又害怕似的。

「欸？秦廣王你竟然跑出來了？」雷震子飛回地上，大翅膀抖了抖，把沾在翅上的雨點都甩了出去。

可憐的秦廣王來不及躲避，全數中招了。

掏出手帕把臉上的水抹掉，秦廣王走到目前動彈不得只能躺在一邊的九鱗身旁，抖了抖衣袖，一疊通緝令掉了出來，秦廣王接住後開始一張張對比、左看右看，最後終於在幾吋厚的通緝令中找出屬於九鱗的那張。

認清了人確定沒有用法術易容後，秦廣王上前一把抓過九鱗的手直接畫押了。

那手指一按在通緝令上，一道屬於地府的特殊法術立時釋出，已經被塗山的定身術奪去自由的九鱗，現在身上又多加了幾道枷鎖，插翅難飛了。

眼看秦廣王突然跑出來把該屬於他們的俘虜直接打包，雷震子真的很想跳上前宣示他們的主權，可是細想一下，秦廣王這樣做一定是背後的東嶽帝君這尊大人物的指示，自己跳出去刁難等同自尋死路。

何況那些因生事作惡而被仙界討伐、沒被幹掉抓回去的妖精鬼怪的調查和審理，是東嶽帝君主理的，雖然不是每一次都由他親自出馬，但帝君作為刑訊方面的頭目是事實。九鱗即使由他們綁回去，最後也一樣是轉交帝君那邊處置，現在讓秦廣王先帶走，倒省了一道手續。

「正好趕上了，給帝君帶上伴手禮。」秦廣王對今天的戰利品十分滿意，既把任務要求的小倩找到了，又先一步抓了一名妖道回去。

「你回去就有得忙了。」雷震子悶悶的幸災樂禍一下，他下凡後都沒有機會表現，現在連錦囊都寫什麼按兵不動，早知道他就和哪吒調位置！

「才不會。」秦廣王正了正臉色，說道：「妖道又不是死掉的凡人，和我們十王一點關係也沒有。」

雷震子用一道「真的是這樣嗎？」的視線打量著秦廣王，他才不信帝君會放過使喚十殿十王勞動力的任何機會。要他們幫忙，藉口隨便想想就有一大簍，不然讓十王提供出各式地獄來炮製那些不聽話的妖道也可行不是嗎？

「到底東王公和玉皇在做什麼打算呀？」

雷震子搖了搖手上的字條，他實在不明白都這個時間了，為什麼還要他們按兵不動？眼前的白光是東王公獨有的法術，連這一位都動手了不是嗎？

「那些大人物不想讓我們知道的時候，我們乖乖的按吩咐辦事就好，別學不乖、自以為是，不然惹火了那些大人物絕對有你受的。」

有關那些大人物的怒火，秦廣王親身體驗過無數次，他們地府所有成員的心裡都深深烙上了一道鐵律，就是別去猜測帝君在打算什麼，帝君不說就不要問，除非你想在泰山之巔當冰條！

「老子……」才不這麼窩囊！

後半句以雷震子咬到舌頭慘叫而告終，他驚訝得眼睛瞪大到像要掉下來般看著從白光中緩步走出來的人物，誰從裡面出來雷震子都不會吃驚，唯獨這一個不應該是直著走出來的……在東王公的法術下，這傢伙不該是橫著被人拖出來嗎？

「看到我你很驚訝？」

現在的赤霞看起來更加狼狽，紅色長髮被自己的血和雨水糊成一團，身上的衣服也染滿深紅，他每走一步，地上的水窪都會因為沖開血跡而化成淡紅色，而他的臉色早已經被冷雨洗白。這樣的他顫顫巍巍，和之前意氣風發的模樣反差很大，唯一相同的是眼神沒變，還是不把一切放在眼裡的樣子。

「天命似乎沒打算讓我在今天消亡呢！還是你想把我留下來？」

雷震子當然是想痛毆對方，但想到「按兵不動」四個字他就鬱悶，難道他要眼睜睜看著赤霞逃走？他氣得磨牙。

秦廣王則默不作聲看著赤霞，什麼意見都沒有表示，反而是在他身後偷窺的小倩驚嚇得倒抽一口氣。

她的聲音吸引了赤霞的視線，他好奇的看過去，看了好久才認出小倩是誰。

「果然誠心拜佛會得到菩薩保佑，竟然讓我看到真實例子了。」赤霞看向小倩的雙眼閃過一道銀光，活像猛獸看到美味獵物般令人發毛。

「少廢話了，現在雷震子將軍放你一條生路，你賴著不走是找死嗎？」

小倩驚得躲回了畫卷之中，負責帶她回地府報到的秦廣王自然不會對有害任務進行的障礙物好臉色看。

秦廣王這次被帝君派來凡間出任務，絕對不敢出任何的差錯，上次他的第一殿大門被帝君冰封，他冷得感冒足有兩月之餘，這次又出差錯的話，他這個秦廣王說不定就要被貶下去給帝君掃地了啊！

這次帶小倩回去的事不容有失，萬一出了什麼問題，就是把帝君的臉都丟到西方極樂去了。為了小倩這虔誠的信徒，西方極樂那邊搬了好幾個大人物、費盡了唇舌，才勉強讓帝君願意看在仙界和西方極樂的交情上賣點面子，睜隻眼、閉隻眼讓身死的小倩魂魄寄宿在畫卷上，好避過被赤霞發現落得魂飛魄散的下場，這是小倩一直誠心的小功德。

多得帝君破例，小倩才得以多留在凡間幾天，要是人到了自己手裡才出問題，不就丟臉丟大了嗎？秦廣王絕不敢出任何岔子。

「也是呢……」赤霞斜眼看著一臉死灰的九鱗，看到舊部下眼裡一點神采都沒有，他立即頭也不回的離開了。

「真氣死老子了！為什麼不可以現在拿下他！」雷震子生氣的朝赤霞消失的方向吼著，地面也快被他跺出一個大洞來了。

「這句話你就直接跟仙界那幾位說嘛！我先失陪了。」泰廣王從衣袖摸出一個小小的鈴鐺搖了搖，鈴聲沒有想像中的清脆，反倒是在這樣的陰雨天中增添了幾分陰森的感覺。

幾個黑影遠遠的從雨中急步走來，之前沒發現原來附近竟然早已經有地府的鬼差潛伏著，他們一同向秦廣王敬禮後，摸出數條綑仙索就地把九鱗五花大綁拉起來拖走了。

「你不跟著一起走嗎？」

「我還有最後要做的事。現在時間差不多了，得走了，不然錯過了又會很麻煩。」

「咦？不能等他們平安出來後才走嗎？」

雷震子覺得秦廣王今天怪怪的，雖說現在連太陽的影子也看不見，是不用擔心留在凡間久一點會被曬死，但是他特地從珍寶閣跑來，又叫了部下來把九鱗帶走，自己卻帶著小倩留在這裡是要幹什麼？

開小差嗎？還要帶著一抹倩女幽魂來偷懶？

「難不成你要我站在這裡等著芙蓉出來，好把她又嚇得尖叫嗎？我可沒有成為被尖叫目標的興趣。」

「哦……」

「小倩。」秦廣王沒理雷震子那可疑的視線，他喚了小倩一聲，等她重新飄出來。

不明所以的小倩看上去很擔心，但又不敢開口詢問，垂著頭偷看著秦廣王的側面。

「等一下我會從這邊走下去，只走兩條街，妳要留意左手邊的方向，錯過了我不會回頭，機會只有一次，也只能看一眼。」

「欸？」

小倩有聽沒有懂，完全不明白秦廣王突然這樣說的原因，換來秦廣王無奈的嘆了口氣。

「帝君其實不同意這樣做的，不過反正都答應破例了，他也沒有明確的說不准，所以就讓妳離開前多看一眼，真的就只有一眼而已，看過心上人的樣子就安心跟我下地府，說不定投胎轉世下世又遇上了。」

「謝……謝謝您！真的謝謝您！」

小倩驚喜得不住掉眼淚，雖然她現在是魂魄沒有實體，但淚珠掉下來那份楚楚可憐樣卻讓人覺得她像是還活著似的。

「雷震子，幫我傳個口訊給塗山那傢伙，下次見面讓他把傘子還給我，那是我很喜歡的紅傘子呀……」

秦廣王的聲音隨著他漸行漸遠而慢慢的聽不見，現場除了那團開始減弱的白光之外，就只剩下雷震子一個人。悶不住的他左右踱步，越等他越是焦躁，而老是下不停的雨更是讓他不快的心情昇華了幾分。

等得太無聊的雷震子把背上箭筒中盛滿的雨水倒掉，他無聊到想拿利箭來當筆在旁邊建築物上刻字提詩了。

可惜他的文采不好，不然這麼長的時間他就能洋洋灑灑刻個千字文在柱子上了。

「雷震子！快過來幫手！」

正當雷震子打著不知道第幾十個呵欠的時候，白光的中央傳來焦急又緊張的呼叫，雷震子認出那是塗山的聲音。雖然與這位老朋友不常見面，但好歹彼此認識久了，雷震子回想自己也沒有見過他發出過這樣焦急的聲音。

沒有細想太多，雷震子立即往白光之中衝去，而在他踏入白光的範圍時，整個純白的空間瞬間瓦解，四周再沒有白色柔和的光線，只剩下一個個小小的像是螢火蟲般的小光球飄蕩著，很快連這些光球也消失了。

「欸？」雷震子心驚了一下，心想自己不是真的正在走霉運吧？東王公的法術怎麼好死不死的在他踏進去的時候消失了？

「別磨蹭！快過來！」

不只是塗山向雷震子咆哮，連浮碧也加入了，他手上扶著仍是昏迷不醒的歲泫，但看上去歲泫的臉色已經比之前要好了一些。

然而，讓兩人大聲吼叫的原因是出在塗山懷裡的人。

「呀！為什麼會這樣！」雷震子抱著頭、亂抓著自己的頭髮慘叫著衝到塗山身邊，手足無措的圍著塗山團團轉。「芙蓉……芙蓉怎麼了？被赤霞打傷了嗎？你說話呀塗山！不要給老子玩沉默！」

雷震子活像隻老母雞護蛋般嘴巴不停的問，加上他身形快速的不停的在旁邊團團轉，看得塗山眼睛快要花掉，也把塗山的耐性磨掉了。

一團小小的白玉火球朝雷震子飛了過去，差點就把他的頭髮燒掉。雷震子驚魂未定的看向朝他攻擊的塗山，杏仁狀的瞳孔縮得像根細線般，而他的後腦果然冒出一道黑煙，空氣中多了燒焦頭髮的味道。

「你有給我時間說話嗎！」

塗山自己也被芙蓉的狀況嚇得臉色鐵青，他把芙蓉打橫抱了起來；芙蓉蒼白的小臉靠在塗山胸口，緊皺的眉頭讓別人看到也覺得難受，巴不得要代替她受苦了。

「芙蓉到底怎麼了？」雷震子把芙蓉掉落的鞭子撿起，亦步亦趨的緊跟著塗山，深怕少看一眼芙蓉就會出什麼事似的。

「這丫頭消耗過度昏倒了，要快點把她送回敖瀟那裡！」塗山試圖這樣說來減輕大家的憂心，但脫力到昏倒始終是讓人憂慮的。他在心裡不斷想著芙蓉千萬不要出事，不然他也不知道該怎樣面對在京城等消息的李崇禮了。

第九章 妖不同，不相為謀。

宮殿走廊傳來急促的腳步聲，來人身上戴著的裝飾品因為急步而發出撞擊聲，有金屬片相擊的聲音、珠串上珠子互相碰撞特有的聲音……能在天宮中以近乎奔跑的速度疾行而不被責備的人沒有幾個，所以從腳步聲一出現在走廊時，房間內的人就知道什麼客人駕臨了。

房間內的人親自打開門，令人意想不到的臉出現在客人面前，讓客人愣了幾秒後才記起自己的目的。

「見過玉皇，玉皇大駕光臨有失遠迎請玉皇恕罪。只是……雖然這裡已經屏退其他人，但玉皇氣急敗壞的這樣趕來，讓天官們看到還以為仙界要淪陷了。」

親自開門的是東嶽帝君，在沒有通知仙界其他天官天將的情況下，這位掌管地府以及負責調查姬英事件的領頭人現在待在東王公借用的宮殿中，一個人待在這裡。

房間內的擺設保持著原來的樣子，房間中央那面鏡子上正映照著凡間的情景。帝君站在門邊規矩的向玉皇施禮，但已經看到鏡中影像的玉皇沒心情理會帝君，所有的注意力早已經被鏡子的畫面拉走了。

玉皇站定看著畫面，而他頭冠上的珠串仍因為剛才的疾步像波浪一樣晃動著。帝君和玉皇都沒有人說話，宮殿中只剩下珠子碰撞的聲音。

東嶽帝君退開一步，他知道玉皇根本沒把剛才說的話聽進耳裡，他要是自己不退開，帝君相信下一秒玉皇就會嫌他站在門前礙事。果然，帝君一退後，玉皇立即走到鏡子面前，他看到的是自己最寶貝的小女仙一臉蒼白的躺在床榻上，跟在她身邊的仙童一臉緊張的守在床邊，這畫面讓一向父愛泛濫的玉皇怒火一下子衝破了警戒線。

還好在玉皇身邊的是冷靜到凡事不動如山的東嶽帝君，看見玉皇這樣他也只是挑了挑眉頭，甚至不打算開口勸慰一下。

從帝君的角度來看，玉皇雖然有時候很好說話，但絕不包含他正在發飆的時候，現在最好是稍待半刻鐘等待玉皇重拾冷靜。

帝君能冷靜面對鏡上映照出來的情況，但玉皇不能，氣上心頭的他現在最想做的就是下命令一舉把妖道全部消滅清光，敢對芙蓉動手就必須付出相應的代價，其次就是找待在芙蓉身邊的那群飯桶算帳！

現在誰待在曲漩？不把重傷初癒的龍王計算在內，現在曲漩那裡有水晶宮的老六，還有雷震子吧？兩個天將級的高階仙人在場也會弄成這個樣子簡直失態！

「事情到底怎樣了？」

「玉皇，別忘了整個計畫您都是知道的。」帝君見玉皇的臉色越發陰沉，不得不先提醒他。

但當皇帝的最不喜歡就是有臣下質疑自己，帝君的話立即換來玉皇不滿的眼神，只是帝君凌厲的視線也不甘示弱，差點這對君臣對視的目光就要迸發出電光了。

玉皇抿著唇，是呀！他是什麼都知道，但計畫中難道一早計畫了芙蓉會受傷嗎？他才不容許這樣的事情發生！

玉皇暗吸了口氣，剛才升起的怒火已經平撫不少。既然已經發生了，生氣也沒用，他現在要掌握所有的情況，並不是意氣用事的時候，而且這次的事件對芙蓉來說已經演變成一次重要的歷練功課了。

「玉皇陛下，芙蓉只是脫力，除虛弱了些、需要休息之外，不會有任何大礙，玉皇別過分保護了。」

帝君鐵色的眼眸難得掠過一道笑意，然而他過分冷靜的聲音令玉皇有一種自己正被人諷刺的感覺。玉皇反思一下剛才自己的表現的確有一些失態，要是被眾仙見到了面子就掛不住了，還好這宮殿沒有外人。

放在這裡的映世鏡是玉皇的寶貝，他心念一轉就能輕鬆的讓鏡面映出他想要知道的事情，和東華臺那池水不同，玉皇的映世鏡不論是現在、過去還有未來，都能映照出來。

曲漩現在的情況、已經被帶到地府收押起來的九鱗是什麼樣子、妖王那傢伙的嘴臉，還有遁逃中的赤霞全都一一出現在鏡子上，所有畫面唯獨在玉皇看到赤霞時皺了眉頭。

「朕……還真的不希望芙蓉遇上他。」玉皇嘆了口氣，接著又補充一句：「至少不是現在。」

「天意是無法違逆的，學習面對也是要芙蓉下凡的原因不是嗎？」

帝君不愛說場面話，換了是東王公，這時間大概會一笑置之迴避答案；但他是地府之主的東嶽帝君，他的原則就是有話直說，即便眼前的是玉皇，該說的他也一樣會說。帝君並不認同玉皇的想法，他始終認為他們對芙蓉都太過小心保護，事實上也沒有證據證明芙蓉在別的時候遇到赤霞會比較好。

對於現在曲漩的事況，帝君甚至覺得太多人在背後控制局勢，已經是過度干涉。不過因為是東王公的主意，帝君才不反對，換了是別人，即使是玉皇的吩咐，他也得好好考慮才決定是否幫忙。

「朕說不過你。」玉皇白了東嶽帝君一眼，就知道這冷硬傢伙嘴裡是不可能說出什麼好聽的話，不過他心胸廣闊，平常是做大事的人，臣子說話不好聽他也可以包容的！

「妖道有什麼動靜？」裝作沒聽到帝君話中的責備，玉皇自行把話題帶回正題上，是時候配合收網，把事情畫上句點了。

「完全採取棄棋那一步。如玉皇所見，和京城事件有關的妖道九鱗已被擒獲，目前在逃的赤霞相信很快就會遇上妖王那方派出來的追兵。」帝君把一份卷宗呈上，裡面是他們對這次事情發展的整理。

玉皇接過卷宗後在躺椅坐下快速過目，看完後嘴角勾起了一道冷笑：「這時候還想耍手段？真是可笑。」

玉皇把卷宗遞回，帝君沉默的接下，回到座位上繼續他之前一直在做的記錄工作。

東嶽帝君好歹是地府之主，現在要充當書記一樣實在委屈。雖說妖道鬥事時有發生，只是仙界今次出現了不少好戰聲音，日子平靜太久，很多仙人心底裡都想要尋求刺激，玉皇極力想要壓止他們的躁動。作為仙界的領導者，他寧願仙人花心思在一些無聊的娛樂上，也別整天心心念念要討伐妖道。

物極必反，凡事必須取得平衡，即使妖道很煩人，但也不能把他們完全的趕盡殺絕。老實說，妖道是殺不盡的，仙界如果做得太絕，只會把一些原本沒有反意的妖魔鬼怪全推到自己的對立面上，這樣反而本末倒置了。

不只是仙界的玉皇這樣想，西方極樂也是一樣寧願花長時間去煩著那些妖道改過，絕少下殺手。殺一個、兩個妖道很容易，但是萬一妖道認為正道容不下他們，讓他們出現了事關存亡的恐懼，凡間也不用指望有太平的一天了。

今次的事件還沒有嚴重到要玉皇親自出馬，但交給其他人辦玉皇不放心，交給東王公主理不只是因為芙蓉，而是因為東王公清楚分寸。

「帝君，你既然在這裡就表示東王公行動了吧？」

「是的。」

「他這步棋想必會讓妖王頭痛萬分吧！」

「誠如玉皇所說，妖王從一開始就已經是東王公棋盤上的一枚敗棋。」

仙界、妖王、赤霞三方都有自己的打算，但這三方都不可能達成任何的合作關係，最多就是利用對方的立場來增加自己手中的籌碼罷了。

※　※　※

赤霞帶著一身血跡離開花街後，直接往城門退去。他暫時不想在城內引起那些仙人們注意，他必須撐到妖王的部下出現為止，如果是妖王親自前來找他就更好了。

走到城門附近時，赤霞的目光停頓在城門旁邊的一坨小泥土上，一枝看似純金打造的金箭釘在地上，金箭散發出來的力量令赤霞本能的反感抗拒，但他卻走了過去，走到金箭三步之外他已經感到有些吃力了。

赤霞把衣服的衣襬撕下了一塊，寫下了血字的訊息綁在金箭上。碰到金箭的手指立即被燒傷，赤霞的臉色也蒼白了幾分。

「果真是黑勝不過白嗎？這樣真討厭。」

垂眼看著自己傷痕累累的手，因痛楚而產生的抖震一時之間停不下來。面對手上由素未謀面的剋星造成的傷勢，赤霞沒有太多的負面情緒，他的成長環境讓他的思考方式和別人有些不同，會受傷是代表自己實力不如人罷了。

他一開始就知道自己的能力和對方相剋，現在自己被對方處處克制，但將來說不定就反過來由他克制對方了。赤霞對自己一時處於下風不會不滿，從他懂事開始就生活在一個弱肉強食的世界，實力不如仙界巨頭之一的東王公並不需要感到失落或羞恥。

雖然赤霞不知道自己還有沒有那麼長的時間去超越東王公……

這次的事件到了最後，自己要不是被殺了就是被抓了吧？這兩個下場隨便一個都會讓他無緣再去超越任何人了。要是他現在逃走的話，倒是能保住自己一命。

但赤霞的個性有時候就是偏執。

要他退？不可以！

比起敗給仙界那些深不可測的仙人，赤霞更反感妖王利用自己的事，什麼事他都可以無所謂，甚至有妖魔鬼怪找上他，單挑圍毆打死他了他也能認了，除了被人算計這一點。

雖然從一開始赤霞對妖王也沒有所謂的忠誠心，他只是覺得妖道這群勢力和仙界對著幹很對味，所以才一起行動；赤霞自知實力並不比妖王差，要取而代之根本不難，只在於他想不想。

赤霞不在乎，但是妖王非常在意，身邊有一個可以隨時取代自己的人物，讓他時時提心吊膽。所以從赤霞嶄露頭角時，妖王已經開始防備他。

妖道的世道就是這樣，和別人談信任太危險。

而妖王的參謀勾宇也不想赤霞坐大、影響妖王的地位，所以在搜掠寶貝的事情上布下了他和妖王的陰謀。

這個自命聰明的勾宇唯一沒想到的是，從他的計畫開始時，赤霞就已經猜到了。

妖王讓他當打手沒問題，但把他推到浪尖處再當替死鬼就不行。

京城的事會鬧得這麼大，可能連妖王都預計不到，那次的騷動完全驚動了整個仙界，隨著姬英被抓獲，他們用掠奪回來的寶貝煉化後做成的假輪迴書被識破，同時因為預想到仙界會大舉掃蕩妖道的活動，在妖道一眾間對這件事出現分歧。

妖王派的死忠支持者盲目支持妖王的作法是意料中的事，但其他難免會多了幾分疑心，他們出力冒險奪回來的寶貝竟然拿去做成了一個根本沒用處的仿冒品，而且什麼作為都沒有，還把仙界惹毛了，那他們的賣命算什麼？他們的性命就這麼不值錢，只是讓妖王喜歡就派去做這種無聊事嗎？

一些無法反抗的弱小妖道只敢把憤怒放在心裡，沒有實力被人愚弄也是沒辦法的事，但赤霞絕對不會是其中之一。既然妖王打算把一切賴到自己的頭上，他就不會坐以待斃，更要以牙還牙報復回去，想陷害他就要有心理準備反過來被坑得更重！

只要想到妖王和他那些忠心的部下焦頭爛額的樣子，赤霞就感到心情愉快，即使要賠上自己的性命也划得來。

出了曲漩城門，才剛進入山裡不久，赤霞察覺到山裡不只有一道視線盯在自己身上，不是來自仙人的監視，這些必定是來自妖道的視線——帶著幾分令人毛骨悚然的怨毒，那是一種明顯讓人感覺到藏在暗處者想將自己置之死地的殺意。

赤霞逐一朝視線的來源回以一記愉快從容的笑容，一雙日蝕眼滿意的閃著銀色光芒。

掌握大約的敵人位置後，赤霞的嘴角越發向上揚起，當他發現其中有一名意想不到的人物時，他簡直笑得嘴角都要裂開了似的。

「赤霞。」

只有枝葉的樹林中突然有人褪去隱身走了出來，正是妖王的參謀勾宇！

勾宇派了好幾道人馬兵分幾路截殺赤霞，卻不想冤家路窄，自己帶的這一路人馬竟然直接對上赤霞，也不知道這是好事還是壞事。

從好的方面想，說不定趁著赤霞受傷能把他永遠留在這裡，只須殺了赤霞再把一切嫁禍到死了的他頭上便可以堵住仙界的問罪。只能寄望赤霞傷得夠重，而他這些部下能以多取勝，畢竟赤霞單憑一人之力就能掀翻一座龍宮，勾宇對赤霞的實力非常顧忌，因為他們認識了不短的時間，但卻仍不知道赤霞的真身是什麼。

有傳赤霞的操縱法術是因為他是蜘蛛化形的妖怪，但直覺告訴勾宇事情一定沒有這麼簡單，除了勉強把操縱和蛛絲拉上關係之外，赤霞完全沒有和蜘蛛相似的生活習性，他從沒否認但也從來都沒有承認！

「我以為是誰，原來是妖王大人座下首席參謀勾宇呢！」赤霞撥了撥稍微凌亂的頭髮，兩眼滿是期待的看向勾宇。「什麼風把參謀你吹來了？」

「你把事情鬧成這樣，我們還能不來嗎？」

「鬧？哪有呢！只不過是熱鬧一些罷了。」赤霞視線不著痕跡繼續在樹林中遊走，要是妖王真的不在暗處窺看，那麼他倒是不介意動一下底牌把勾宇在這裡料理掉。解決了勾宇就等同砍了妖王一雙手，只剩下一雙腳的妖道，憑他的豬腦袋，除了亂跑也沒其他能做的了。

「赤霞，明人不說暗話，你屠了龍宮，把妖道同胞推到火線之上，即使仙界容得你，我們妖道也已和你勢不兩立！」

「少說這些高風亮節的漂亮話，勾宇你修煉在嘴巴上的虛偽藝術發揮得再淋漓盡致，我仍是覺得不中聽的。」赤霞呵呵笑了兩聲，然後抱著肚子開始大笑起來，他一時仰起頭，一時覆手在臉上狂笑，很快又彎下腰抱著肚子，活像剛才有一整隊的雜耍團為了逗他一笑而表演似的。

他笑得像個不會收斂的小孩子，笑到累得喘氣，喘到出不了聲也要拍著大腿，他只差還沒笑倒在地上滾來滾去。

勾宇鐵青著臉色看著赤霞的一舉一動，他的笑讓以勾宇為首前來圍堵的妖道們不禁心寒，所有人都不明白為什麼赤霞在這關頭還能笑出來，難道赤霞以為自己能逃出妖道的追殺？即使逃出去了，還能再一次從仙界的追兵手上逃出生天？

連一般的妖道都能聯想到這方面，更別說勾宇了。一道不祥的預感湧上勾宇心頭，他心底從未升起過這麼明確的恐懼感，他不想承認這些都是赤霞一個人帶給他的。

咬咬牙忍下心裡的不安，勾宇不想承認自己一次也沒有猜準過赤霞的打算。

笑聲持續了好一會兒，最後以赤霞笑到力盡般的喘息聲為止，四周突然靜默下來，唯一在動的就只有赤霞因為喘息而顫動的雙肩。在一眾妖道的視線下，赤霞突然平靜下來猛然抬起頭，黑銀色的眼睛帶著一絲冷然直盯著勾宇，沾過血的嘴唇依舊豔紅，那抹諷刺般的微笑讓看到的人不禁屏住氣息，大家都在忌憚著赤霞會不會突然有什麼舉動。

他剛才張狂的笑原來全是作假的！

勾宇不自覺的倒抽口氣退了一大步，氣勢上他已經輸給了赤霞，雖然他對自己說和一個瘋子計較這些是無意義的，但到了生死存亡之際赤霞竟然還有心思玩這把戲，已令勾宇那方的人寒了心，說不定有人心裡已經怯戰了。

沒有人想和一個豁出去的瘋子玩命的，妖道們都不想死，但現在和赤霞打起來一定會被赤霞拉著一起陪葬。

勾宇心裡有道聲音吶喊著要他快下令宰殺赤霞，怕慢了一點就會來不及了！但同時勾宇也感到後悔，當初赤霞出現在妖王面前時，他不是已經覺得可疑了嗎？為什麼那時候自己沒有阻止赤霞的加入？現在養虎為患，而且這更是一頭自己無法猜透、無法控制的猛虎。

「勾宇呀！我可是依照妖王大人的期望，從曲漩龍王的宮殿中把妖王大人要的東西搶了回來呀！你們不是一早就知道天宮會暴跳如雷嗎？現在你們在我面前的陣仗就叫狡兔死、走狗烹，飛鳥盡、良弓藏，只是敵國未滅你們就急著要亡我這功臣了！呵呵！」赤霞故意用一種痛心疾首的聲音說著，他往勾宇的所在地，即是圍堵他的包圍圈中央走去，同時把那件被劃破的外衣穿回身上。

他慢慢的一步一步的走著，沒有人敢上前攔他，當他站定時，距離勾宇只有不到二十步，這時候赤霞勾起了一個更深的笑。

「你……」勾宇被赤霞氣得說不出話來，他最自豪的伶牙俐齒此刻完全派不上用場，只有咬牙把這口氣吞回去。

只要他現在能拿下赤霞，這口氣他就有辦法討回來的。隨即勾宇向左右兩邊的妖道打了個眼色，手下所有的人瞬即進入作戰狀態，四周頓時妖氣沖天。

赤霞沒有被這情況嚇到，反而是更期待般笑著，同時他轉身看向曲漩城的方向，穿過樹林光禿的枝椏間看到城池的方向升起了一層淡淡的金色光暈，把整座城包圍了起來。

「原來是這樣用的呀！」赤霞看向自己手上未好的燒傷，那個他猜不出用途的金箭陣法原來是為了防範這種情況的。「竟然這一步也算到了，實在無法不甘拜下風。」

赤霞自顧自的在喃喃自語的分心狀態讓勾宇感到高興，他立即打出暗號，第一波的妖道瞬間跳出，各種顏色的妖氣化成一道道的流光朝赤霞攻過去，但目標人物卻仍在狀態外一樣，連躲避的動作也沒有。

「勾宇，告訴你一件事吧！呵……你最錯的就是親自帶人來堵截我。」

赤霞眼中的銀圈一縮，呵呵的笑聲伴隨著突然變暗的天空，勾宇和妖道們霎時間陷入了短暫的混亂，但妖道們在弱肉強食的生活環境打滾久了，每個都定力非凡，穩住自己的陣勢後他們都相信赤霞一定躲不過去，以他受了傷的身體再硬扛了這陣攻擊一定無法支持很久！

「死到臨頭別說大話了！我們現在就殺了你，把你的首級送去仙界買個人情回來！」

由始至終沒上前線的勾宇只是指揮著手下一波波展開攻擊，同時縮小赤霞的活動範圍，可惜不少攻擊一近了赤霞身邊立即被化解。不過，到現在赤霞仍未動手，這讓勾宇生出一種絕對會得手的自信，看來赤霞的傷恐怕比他想像的還要重。

勾宇嘴角的得意全落入赤霞眼中，他緩緩的伸出一隻手，做出拈著絲線般的動作從自己的左邊拉到右邊，在勾宇想要奚落他之前，赤霞先開口呵呵笑著。

「所以說天真的人總是幸福的，就好像不知道真相之前的九鱗一樣。」

「什麼！」

勾宇的反應來得太遲，赤霞的手指拉過的位置出現了一條暗色流光，而他眼中滿是玩樂時間的快意。

「你反應太遲了，勾宇。」

「退後！」

這兩聲差不多是同一時間響起，最接近赤霞的妖道反應已經很快了，可是在他們腳尖蹬地想往後退走時，竟發現自己不能動了!所有人都不動，維持著原本的姿態固定著，有的人在跑、有的人正想跳起，更有人被固定在半空中。四周布滿了暗色的絲線，而線的源頭出於赤霞的手。

「你到底做了什麼！」

勾宇驚恐的看著赤霞壞笑著舞動他的手指，他的每一個動作都會伴隨著一道道血花和慘叫，即使妖道們全都身懷絕技，可現在都已經淪為赤霞隨意操縱的扯線木偶，性命全繫在赤霞手上。

赤霞轉過身，看著那幾個剛才朝他攻擊得最狠的妖道身體不受控制的互相攻擊，他們的表情驚慌失措，嘴巴吐出的除了慘叫還有求饒聲，可是赤霞沒打算放過這些想要自己性命的人。他動了動左手，兩名手上化成利爪的妖道撲向另外一個一身強壯肌肉的同伴身上，利爪撕扯出肉塊，傷口血流如注染紅了大地。

赤霞一直含笑看著這一幕又一幕的血腥殺戮，他只是動動手指，便讓這些過去說得上是同伴的人自相殘殺。當在場人數減少到只剩下十多人時，赤霞也看厭了殘殺遊戲，他直接走到勾宇這個領頭人面前，伸手拉起勾宇垂在肩上的長辮把玩著。

勾宇用盡了所有的方法仍是無法掙脫赤霞的控制，他除了嘴巴和眼珠子還能自主活動以外，整個人只能如雕像般直立不動；面對這樣的情況，勾宇沒辦法像赤霞那樣還能跟敵人談笑風生。

「我呢……從來都不是個心腸好的人，殺人也好，殺仙人也好，只要我覺得需要我就會做。現在我就是打算把你們全都殺了，你們不為自己做點什麼嗎？」

「好一句礙耳的風涼話。是我失策，如今人為刀俎，我為魚肉。唯一我想知道的是，你現在這到底是什麼把戲？」勾宇知道今天已是自己人生最後一日，他的實力無法救自己逃出生天，他引以為傲的小聰明同樣拯救不了自己。

「想我一旦說了出來，好想辦法把我的底細通知妖王大人嗎？真是個忠心的好奴才。」赤霞放下手上的長辮，像是在嫌棄勾宇的頭髮手感不合他的心意，閃著銀光的眼睛目光游移到勾宇身後那些倖存的妖道們。

一聲響指，一道道暗色絲線消失在空氣之中，赤霞現在已經不再需要這些東西來作戲了。勾宇帶來的人已經盡數被他殺光，他所掌控的範圍內只剩下他和勾宇兩個人。

眼看纏在自己身上的絲線消失掉，勾宇真的有想過是不是赤霞改變了主意，雖然他不認為赤霞會放過他，但只要能回復自由至少有逃走的可能。

不論是什麼生物，只要有了希望，眼睛就會多散發幾分光采，這正是赤霞的目的。

此時，勾宇的表情卻比剛才更絕望，因為他發現沒有了那些暗色絲線他還是動不了！

「呵！這些都只是幌子呀！難道你真以為我是那種操勞自己一雙手的木偶師？看看你的腳底，我讓你死得明白一點吧！」

第十章 呀……人家心跳好快！

芙蓉覺得腦袋昏昏沉沉，頭顱深處隱隱作痛，身邊人說話的聲音全部都變成了一陣陣模糊的回音。

她知道自己現在躺在床鋪上，因為身下的觸感很柔軟；身體很累，應該是要休息睡覺的，但是四周很吵，礙著她入睡，那些聽不真切的對話和她腦海中團團轉的雜音混在一起讓她感到煩躁，想要翻身拉被子蓋著頭，卻連動的氣力都沒有……在心裡嘆了口氣，芙蓉想自己現在應該像條死魚一般吧？

回想自己長這麼大，好像從沒虛弱到這個樣子。以前總是聽別人說，達到了極限的時候只要堅持再多走一步就會進步，芙蓉想這一次自己一定進步很多了！在解開歲泫身上的禁制時，她簡直是連續爆發潛能，赤霞在歲泫身上下了死手，她不僅要用全部的氣力去壓制歲泫身體裡禁制的力量，更要化解當中的邪氣，除了出力，還要負擔精神的耗損。

她一想到這些邪氣是來自赤霞，就渾身發毛。

芙蓉真的不想太過瞭解赤霞這個變態，但赤霞卻故意不如她所願，他竟然在留下的邪氣中加入一些多餘的訊息，在化解的過程中，芙蓉避無可避的從那些訊息中接觸到赤霞模糊的真面目，還有部分過去的殘片。

剛開始發現時，芙蓉還以為自己會直接走火入魔。

一直以來，芙蓉都覺得過於偏重一種顏色的人很奇怪。例如在京城時遇過一位喜穿白衣的官家公子，外出時總是手持白玉簫、騎馬要騎白馬，芙蓉第一次見到他的感想是：這傢伙非但不瀟灑，更是一個偏執狂。不過，這一身白倒是很適合這位公子隨時隨地出席喪葬場合。

遇過一個白色偏執狂，現在又遇上一個紅的，這兩人是天生一對，紅白二事都被這二人一手包辦了。

透過赤霞留下的訊息，芙蓉得知了赤霞原來和自己有些相似。在還未懂事時，她已經被仙界的巨頭小心翼翼的保護著，從小女孩時期開始受盡萬千寵愛，從來沒受過什麼委屈；而成長的過程也沒有什麼劫難可言，她生來好像就是天地的寵兒似的。

天地間的靈氣就是她的本體！

因此，芙蓉對法術的掌握有先天性的優勢，仍未成熟的她只要有時間準備就可以穿過所有的結界法術，隱藏起來的封印也能被她看穿。

正因為芙蓉對靈氣帶有絕對的敏感度，才能清楚的讀取赤霞留下的訊息。

芙蓉不知道赤霞這樣做的意思，無端的把自己的一切都告訴別人，有種「人之將死，其言也善」的感覺。他的目的不明，但芙蓉也不懷疑這些暗藏的訊息是在騙人，因為靈氣是沒辦法騙到她的。

現在芙蓉總算知道為什麼自己在未認清赤霞是變態之前，便已經抗拒他的接近。

仙氣、靈氣等實質化後，大多是白色、銀色、金色、五彩等等一些讓人覺得吉祥的色彩，反之深沉詭異讓人開朗不起來的顏色，多數是邪氣、穢氣的代表。

如果說芙蓉是白色，那麼赤霞就是黑色的體現，他把自己打扮得一身紅根本是一個極大的偽裝，這種顏色完全和他的本質無關。

赤霞應該是全黑的才對！而且是比墨汁還要黑的存在！

芙蓉以前沒想過世上會有出身和她這麼相像的人，只是赤霞從誕生開始後一直生活在弱肉強食的環境中，當芙蓉還在拉著天尊衣襬撒嬌要糖吃的時候，赤霞已經是每天都得用盡手段保護自己；他沒有天真的童年，他的生活環境教會他不對別人殘酷就是對自己的殘忍，這環境影響著赤霞的個性，長到這麼大赤霞只是個性扭曲，沒有變成人人得而誅之的千古罪人已是萬幸。

不能同情他！

雖然不想將心比心的以一個變態的想法做出發點，但芙蓉相信赤霞這傢伙寧願被人指著鼻子罵他是邪魔外道，也絕對不想看到別人對他露出一張同情的臉。以那傢伙乖張的行事作風，他一定會很樂意的一擊就把同情他的人打得稀巴爛。

雖然知道不管什麼原因都不能對赤霞表現出同情，但心情這東西不是阻止就能讓它不冒出來的。不過小命要緊，萬一再次遇上赤霞，她一定會提醒自己絕不要把同情放在臉上，不然自己一定會很慘。

恐怕當她睡飽了睜開眼後，會有一段時間對有影子的地方產生心理陰影，會懷疑赤霞會不會躲在某個影子之中，趁她走過時拉她的腳。

「她到底在想什麼？竟然睡著了也表情豐富……」

耳熟的聲音又響起，意識仍是昏昏沉沉的芙蓉只知道自己認識這聲音的主人，可越是去想那是誰，頭就越痛了。

雨已經停了，只是雲層仍然很厚，加上接近黃昏時刻，屋內若不放燭臺就太暗了。在芙蓉的房間裡，桌上點了一盞燈，放的位置剛好體貼的讓燭光不會照到在床上休息的芙蓉。

房門輕輕的被打開，原本仍吵鬧的房間瞬間靜了下來，一輪腳步聲之後，只有兩人留在芙蓉的房間裡。他們一個站在門邊不動如山，另外一人則坐在床邊，表情不捨的看著芙蓉。

見芙蓉睡著也擺出一張像吃了酸梅般皺起來的臉，他不禁很自然的伸出手撫上她的額頭，一碰之下，他紫色的眼睛凝重的瞇了起來。他本以為芙蓉只是累壞了、讓她睡飽就好，但是摸到她的額頭才發現是燙手的，可臉頰卻又是涼冰冰的。

芙蓉發燒了。

明明仙人不可能像凡人一樣得風寒和發燒等病症，唯一能解釋的是她真的透支太多，所以身體起了反應，雖然只要一點時間她就會回復過來，但這樣卻讓在旁邊看著的人心痛。

「東君……芙蓉怎麼了？」眼見東王公的表情有傾向凝重的趨勢，站在門邊的哪吒不由得發聲，他也很擔心，想要知道芙蓉最新的情況。

「沒大事。這傻丫頭我也真不知道說什麼好了，都已經把東西給了她，卻只戴不用。」床邊的東王公拉開一點被子把芙蓉扶了起來靠在自己身上。

因為頭髮上的裝飾都被潼兒解了下來，被扶起來的芙蓉披著一頭帶著鬈曲的長髮，給人的感覺和平時完全不同。

陪同東王公一起來的哪吒，看到東王公讓芙蓉靠到身上的畫面時不由得嘍一聲轉過身，實行非禮勿視、非禮勿言、非禮勿聽三大原則。雖然因為珍寶閣內沒女眷，所以芙蓉身上仍是穿著外出的那套衣服，並沒有衣衫不整的情況，但是哪吒覺得看著東王公抱住芙蓉的畫面，還是對心臟健康挑戰太大。

可哪吒想了想，又覺得自己面壁般站在旁邊是一件十分尷尬的事，他是芙蓉的拜把兄長之一呀！現在小妹被別的男人抱在懷裡，他這個兄長應該挺身而出阻止才對吧？但讓他跳出去阻止東王公？指摘東王公的不是？

這還是要命的行為嗎？

哪吒想到後果就覺得背脊生涼，思前想後他只能鬱悶的吞下一口惡氣，想他堂堂一名天將，哪吒今次屈服在惡勢力……不、是強權之下了。

「哪吒，你出去讓他們按計畫行事，然後吩咐潼兒端梳洗的水進來吧。」

雖然東王公的心思全部都放在芙蓉身上，不過哪吒這高個子有什麼動作也太容易令人留意到。東王公不禁失笑，想不到性格叛逆的哪吒，骨子裡仍是個老古板。見他如此尷尬，東王公也不為難他，乾脆支開他了。

「領命。」

哪吒如獲大赦，但立即又板起臉孔，現在正是曲漩事件的一個重要時間點，不應該放鬆心情的。不過，得到離開的准許始終值得高興，朝東王公行禮致意後，哪吒輕輕的開門退了出去，看漏了東王公嘴邊玩味的微笑。

哪吒才關好房門走了不到三步，一道很熟悉的人影帶著殘影般朝他衝過來，伴隨而至的還有那傢伙本人的大嗓門。

「喂！哪吒！」

「閉嘴！吵吵嚷嚷幹什麼！」

哪吒反射性出手，以一個必殺肘擊直接把雷震子消音兼帶走。

※　　※　　※

珍寶閣的小偏廳再次集合了大量不可小覷的仙界人物，即使在凡間待久了、見過不少世面的掌櫃也禁不住面對太多大人物的壓力而躲得更遠，連鋪面也找不到他的蹤跡了。現在待在偏廳侍奉的只有潼兒一個，小仙童很習慣般把事情全部一手包辦。

不過潼兒臉色也發著青、心不在焉，剛才泡茶的時候就把自己的手燙了好幾次，看得塗山眉頭都沒鬆過。

像哪吒把氣絕了的雷震子拖進來時，就差點讓潼兒嚇得打翻手上的茶具，幸好塗山眼明手快伸手幫忙穩住。

哪吒的出現在小偏廳引發一陣騷動，等了大半天他們終於有機會問清楚為什麼哪吒和東王公會突然出現在他們面前。雖然不可能出現冒認的情況，但當時敖瀟他們真的有種冒充者找上門的錯覺，特別是仙界的成員根本想像不到東王公竟然會親自下來，而且是神不知鬼不覺的不用通過大門就出現了。

在敖瀟帶著疑惑開口質問之前，雷震了這腦筋一直線的傻瓜先蹦了出來，但他還未叫陣，便被哪吒在三秒以內用火尖槍在衣服上開了超過十個透明窟窿。

名副其實的槍打出頭鳥。

人的外表可以冒充，但是那柄火尖槍卻是獨一無二的寶貝，既然哪吒是本尊，那從後方踩著彩雲而來的東王公就更不可能是假貨了。

東王公當時什麼也沒說，一來到珍寶閣就趕去看望芙蓉，直到現在才把哪吒遣了出來。

「潼兒！」

雖然偏廳中一雙雙的眼睛都盯著自己，但正事要緊，哪吒先把東王公的吩咐交代給潼兒，才轉向那些仙友處。

「接下來會發生什麼，大家大概心裡都有底了吧？」

哪吒的視線掃過敖瀟和浮碧，又看了看被自己一擊打至氣絕的雷震子，他們事先都已得到放有指示的錦囊，唯獨哪吒視線移到塗山身上時頓了頓。

「我什麼都不知道。」塗山聳了聳肩，他沒有收到錦囊，卻收到一封親筆信。不過，即使仙界的安排沒有把他計算在內，可他已經知道九鱗和姬英極有可能是一同被騙，而那個狡猾的騙子是妖王的可能性太高，他便會待在這裡查個明白。

相比沒官在身一身輕的塗山，敖瀟和浮碧的表情就凝重多了。透過水晶宮來的情報，他們也知道妖道引發的這次事件是由東王公負責，但當個統籌和親自下凡所代表的意義相差太遠，現在東王公來了就表示仙界對妖道的處理手法已經有了定論，恐怕是……

「開戰了。」哪吒冷靜的說道。

哪吒動腿踢了踢氣絕翻白眼的雷震子一下，一腳踢不醒，哪吒再加重力道。在一記發出怪聲的蹴擊下，雷震子就像被放回水中的瀕死魚兒般猛地清醒，他又是慘叫又是在地上翻滾，可是因為太吵，再次遭到哪吒的毒腳。

「先解釋清楚現在是什麼狀況。」敖瀟冷著一張臉，他從雷震子那裡收到的錦囊和給雷震子的指示完全不同。

東王公要求雷震子按兵不動，但敖瀟得到的指示同樣簡潔到極點，只寫著「速至湖水之處」，雖然敖瀟感到非常納悶，但他還是按指示趕著出城，結果剛好遇上了從湖泊方向潛行而至的妖道；因為他心情鬱悶已久，這些妖道的出現剛好讓他適度發洩一下，把那一片妖道清掃乾淨了。

清掃的同時，敖瀟又感到疑惑，為什麼會突然跑出這麼多的妖魔鬼怪朝曲漩周圍而來？他不認為自視過高的赤霞會呼朋喚友來助陣，那種做出單槍匹馬闖龍宮開罪仙界的瘋子只會覺得同伴是多餘的，找人幫忙更是懦弱的表現。

「玉皇不希望把妖道全數迫進牆角引起大規模的反撲，今次事件將以妖王以及他直屬部下對仙界挑起事端作結。」

哪吒並不是個口才好的解說者，他一板一眼的態度讓這次事件最大的苦主敖瀟和浮碧越聽臉就越黑。

他們水晶宮的人被屠了，宮殿被搶劫一空，現在哪吒在說什麼？玉皇不想把妖道逼進牆角？哪他們這口氣、這份仇怎辦？

「我還沒說完，敖六殿下也未免瞪得太快了。」哪吒道。

「哼！」

「仙界這樣處理也算聰明，針對所有妖道只會把那些隱居的大妖惹出來，倒不如現在這樣把目標針對在這某一部分滋事分子身上，又不是不讓你找人出氣。冤有頭、債有主，不是嗎？」

「塗山你這樣說好嗎？」雷震子小聲的問道。他摸著身上的瘀青，小心翼翼的移動到塗山身後，現在把哪吒和塗山一起放在天秤上，他連考慮也不需要就把哪吒視為目前對自己最大的威脅。

身體的皮肉痛還好，他現在倒是精神被打擊得痛了！

「有什麼不好的？現任的妖王太煩了，換了也許會是新的氣象呀！」塗山擺擺手。

「玉皇的意思不是不了了之，該做的全都會做，只是規模不能弄得太大，所以這次事件才由東君全權負責。早前東君已經送了讓妖王送呈真凶的文書……」

「什麼！還送文書？」雷震子驚呼一聲打斷哪吒的話，立即惹來所有人一記白眼。

哪吒忍住想再次踢飛雷震子的衝動，繼續說：「那是一封文字遊戲的極致之作。乍看之下，那

封信無疑是問罪的開戰通告。」

眾人臉色凝重，不約而同沉默的看向客房的方向，心裡想著的都是東王公的白色恐怖。雖然哪吒沒說文書出自誰人之手，但他們認為那些天官一定寫不出什麼文字遊戲，因此那極有可能是東王公親自操刀。

越想這個假設就越有可能……玉皇是不可能親書給妖王，西王母和天尊們也不過問天宮的事，自然全都不會插手；再往下想，除了東王公之外，大多數文采好的仙人風花雪月倒是在行，要在公式化文書上做手腳就無能為力了；老實認真的仙人更不用想，就像很難想像東嶽帝君會跟你玩文字遊戲。

「咳！」

不知道是誰先打斷沉默狀態，大家又不約而同以眼神表達出不要繼續深究這個問題，以免自己陷入萬劫不復之地。

「本殿下事先聲明，水晶宮必定向始作俑者討回公道！」敖瀟冷眼看著哪吒。

他的怨氣不敢對東王公展露，不過面對哪吒，他卻不願有一分一秒處於下風，更不喜歡現在變成要聽哪吒指揮的狀況。

換了是別人，敖瀟可能不會這麼不服氣，偏偏東王公帶的就是哪吒，他和自己的三哥不打不相識是一件事，高傲的敖瀟只知道哪吒曾是狠狠落過他們水晶宮面子的人就可以了。

「沒有問題。那麼，妖王那邊就交給敖六殿下還有龍王了。」

哪吒沒有反對，還很好說話的把討伐妖王這第一等大功讓給敖瀟和浮碧，即便是敖瀟也不禁愣了一下，他只是慣性擺姿態強調要仙界重視水晶宮而已，沒有打算要搶功勞。

「這全是東君的安排。雷震子去掃蕩妖王以外那些在附近遊蕩的妖道。」

「欸！老子一個嗎？」雷震子發出不依的叫聲。

一個作風應該豪邁奔放的人突然發出這樣的聲音，讓所有人不由得打了個寒顫，塗山更不客氣的猛搓著手臂禦寒。這樣搞怪的行為立即引發一物治一物的食物鏈效應，氣得臉上的蓮花圖騰也要扭曲的哪吒，一記鐵拳敲在雷震子後腦上——要是敲腦袋會導致變蠢的話，這一擊大概能把雷震子打成白痴了。

自作自受的雷震子蹲在一邊叫痛，現在連唯一會可憐他的潼兒忙著張羅東王公吩咐的東西，留在偏廳裡的沒有趁機趕上去多揍幾拳已經十分君子了。

「沒聽到剛才說的嗎？」哪吒現在簡直就像是老媽子附身般一手扠腰瞪起眼，另一手以劍指罵一句戳一記，把雷震子訓得哀哀叫。「仙界要避免妖道大規模的反撲，所以沒有大張旗鼓，你是聾了聽不明白？是不是還要去把你那一支天兵叫下來給你搖旗吶喊呀？」

「老子也只不過是問了一句罷了！哪吒你別戳啦！痛死我了！塗山你沒義氣！救命！」

被點名的塗山哭笑不得的請哪吒賣了個面子，剩下沒有分配到工作的人就只剩他了，東王公有什麼打算呢？是要他協助敖瀟去對付妖王？還是協助雷震子？現在曲漩城整個範圍都有東王公的法術保護，根本不用擔心安全問題，自然珍寶閣也不一定需要有人留守。塗山盤算著是不是他可以決定自己怎樣行動。

塗山看著哪吒，但哪吒似乎已經沒有更多的命令要傳達。

敖瀟和浮碧交換一眼後向大家告辭，無論打倒妖王是怎樣的大功，他們著眼的是去出氣，現在省了搜查的工夫，只管去堵人就是了。

哪吒也把雷震子趕了出去，他所要負責清除的妖道人數最多，雖然這個安排是早已衡量過雷震子的實力——他最多是累死，但絕不會是被打死收場。只是哪吒心裡暗暗想過，這會不會其實是東王公刻意安排的一個懲罰？

想起仙界前陣子就傳過東王公非常在意芙蓉的傳聞，哪吒又想起剛才在房間的那一幕，看樣子東王公應該不是一般的在意，而是非常的在意吧？

「那麼你呢？哪吒。」

「我現在的工作是東君的側近，東君要去哪我就去哪。」

塗山勾起一個有什麼打算般的笑容，接著跟上哪吒的步伐回到芙蓉的房間前站崗，哪吒站得正經八百，塗山是站得筆直但卻帶著一絲隨便。

他們兩人的視線不約而同看著那扇關緊的門板，心裡一起暗罵潼兒進去的時候幹什麼把門關得這麼妥當，害他們想知道房內的情況也沒有辦法！

「塗山，你在想的和我在想的到底是不是一樣？」

「我不和男人心靈相通的。」

哪吒狠瞪了塗山一眼，他最不喜歡這種玩笑了。

「我哪知道！東王公想些什麼怎可能是我小小狐仙能猜透的？」

※　　※　　※

不只是狐仙猜不透，小小女仙也同樣無法猜透。

芙蓉腦袋清醒後第一個反應是整個人僵硬了，她正在努力平撫自己那快得要失速的心跳。因為跳得太快都要讓她覺得胸口隱隱作痛了，該不會把身體什麼隱疾給引發出來了吧？這笨想法一冒出來立即就被芙蓉自己打消，現在不是想這些無謂事情的時候，她要做的是先化解現在這極度尷尬的場面。

但一想到剛才發生的事，她腦子一片混亂無法整理思緒，剛才她還覺得有人摸著額頭感覺很舒服，所以她還像小貓般蹭了幾下，怎知道打了個哈欠睜開眼睛後，看到的竟然會是東王公。

她明明人還在凡間，最多就是見到李崇禮吧？但眼前的這張臉卻是雪白的頭髮、紫色的眼睛，即使李崇禮能來個一夜白頭，也不可能連眼睛的顏色都換一種。所以眼前真的是東王公！為什麼他會在這裡？

「醒來有覺得哪裡不舒服嗎？」

東王公朝芙蓉親切的微笑，他的出發點是想她安心，因為她醒來那刻驚恐的樣子比預想的嚴重，讓他有些擔心。

這位東華臺之主完全沒想過自己的出現才是讓芙蓉心律不正的源頭。

哪有可能安心得下來呀！芙蓉在心裡吶喊，先聲明她絕不是討厭東王公的懷抱，只是想到自己靠著人家胸口、肩膀睡覺也不知道有沒有流口水，更不知道自己有沒有可疑的夢囈，萬一自己迷迷糊糊時說了奇怪的話就慘了！

芙蓉把自己慌張的反應套上這些理由，但她卻忽略了姑娘家打從骨子裡最介意的應該是自己邋遢的一面被心上人看見。有什麼比自己迷糊得一塌糊塗時更加失禮？芙蓉更有些擔心是自己靠過去東王公那裡的……

「熱度已經退了。」

東王公似乎沒有打算放開抱住芙蓉的手，她仍是穩穩的被他抱著，說話的聲音就在芙蓉耳邊近距離的響起，害她連耳根子都紅了。

與前次相比，東王公同樣是在她耳邊說話，兩人同樣距離很接近，但芙蓉現在只覺得不知所措，完全忘記了是否要生氣，或是在乎一下男女大防。

芙蓉下意識的低下頭，直接把頭頂給東王公看。她煩惱著現在到底說些什麼比較好呢？再沉默下去氣氛會很尷尬，難道她要問他為什麼抱著自己嗎？

「潼兒過來。」在芙蓉將下巴點到自己胸口之前，東王公把在張羅雜物的潼兒喚了過來。

眼睛紅紅的潼兒把沾過水又擰乾了的毛巾飛快拿了過來，芙蓉本想伸手接過，可是才想要抬起手卻發現自己沒有氣力，手腳都在發軟狀態中。

潼兒直接替芙蓉抹了把臉，接著東王公把一顆東西放到她的口中，她來不及問，嘴中的東西已經化開，一道甘甜的味道滑下喉嚨，很自然她嚥了一口吞進肚子裡了。

想必這是什麼仙丹靈藥了。仙藥下肚後，芙蓉覺得氣力慢慢回來，當回復得七七八八的時候，東王公才收回扶著她的手，讓她自己坐著。

芙蓉竟然有一絲的不捨，原來他只是因為她身體發軟才扶著她的呀！

「妳這傻丫頭，我不是給了妳東陽藍玉的玉珮嗎？為什麼都不用呢？」

「那個不是東王公送我用來在危急關頭保命的嗎？」芙蓉從衣服中把玉珮拿了出來，她遞到東王公面前，但他沒有接。

芙蓉也不想想自己剛剛從胸口掏出來的玉珮還留著體溫，碰了不就像碰了她一樣嗎？

東王公嘴角的微笑難得多了幾分無奈。

「那是用來應付赤霞最有效的寶貝，要是用了它，妳就不必擔心行動會被左右，解救那位凡人青年時也不必這麼費力了。」

「東王公你之前都沒說，我哪敢亂用這寶貝呀！」

芙蓉又是挫敗又是委屈，東嶽帝君把這東西交給她時警告過她不准給別人用，平時玉珮上的法術也不會被激發，她一直以為這是東王公給她保命的寶貝，是用一次少一次的那種，這種東西自然要留在最後關頭才用，哪會想到可以用來對付赤霞那個變態。

「妳已經知道他原來是什麼了吧？」

東王公站起身，在床邊彎下腰的他，雪白的髮絲有部分垂到芙蓉眼前，一時間芙蓉的注意力都集中到這些雪色髮絲上了，幸好東王公說的話是芙蓉很在意的話題。

芙蓉點了點頭，她一臉堅定的看向東王公，看向那雙像是在詢問的紫色眼睛。

她準備好了，她覺得始終有必要再見赤霞一次。而再次見面之後，這次的事情也將落幕了吧？

第十一章

小妹撒嬌萬試萬靈！

重新梳洗換裝完畢，從房間出來之後，芙蓉並沒有看到東王公，也沒看到潼兒。不過芙蓉覺得他們主僕倆一起不見人影也不是怪事。潼兒應該是跟在東王公身邊了吧？說不定潼兒正向東王公報告這幾天發生的事。

芙蓉回想自己在曲漩城中做過的事，應該沒有太出格的危險行為，倒是做過黑衣人還有和敖瀟一起逛了趟花街。

想到花街的事，芙蓉心情低落了一下。在事件完結之後，她必須要給東嶽帝君一個令他滿意的交代。那封特地由秦廣王送來的信，她小心翼翼的供在百寶袋之中，不能扔又不能撕，她就只差沒有早晚點上三炷清香祈求上天保佑她不被帝君撕下一層皮。

芙蓉心情灰暗的走到偏廳，垂著腦袋的她沒好好看路，一頭撞上一個早就站在路中心的人，對方身上的軟甲撞得芙蓉發出一記悶哼，正當她想看清楚是誰在珍寶閣內已經一身武裝時，一抬頭她就嚇了一跳，然後不忘堆出一個討好的小妹妹笑容，伸手拉住哪吒的衣袖象徵式搖了兩下。

「這種小孩子討糖的手段早就沒用了，芙蓉。」

哪吒不動如山的看著芙蓉，他角度朝下的嘴角配上微皺的眉頭，加上增強不少殺氣的紅蓮圖騰，絕對會讓一般人退避三舍，甚至生出哪吒會不會下一秒就手起刀落的把拉衣袖的手剁掉。

不過，哪吒的凶相對芙蓉而言就如同紙老虎一樣，從小到大哪吒從沒有朝芙蓉吼過，而小時候的芙蓉倒是看過不少哪吒教訓別人的場面。

「明明以前很管用的說。」總之，芙蓉知道自己不會是被三哥哥鐵拳教訓的主角就可以了，其他一切都有辦法！

「妳也會說『以前』了？現在妳已經是牛高馬大，翅膀也長硬了，連三哥說的話都不聽，還撒什麼嬌？」哪吒比了比一個在他腰間左右的高度，有時候他也會懷念一下那時候小小的芙蓉，小孩子需要擔心的事比現在長大了亭亭玉立的妹子要少多了！

想不到他哪吒竟然有機會體會到待嫁女兒的父親的感覺，原來那種提心吊膽的感覺真的很可怕！

看到哪吒似乎是真的在生氣，芙蓉有點不知所措，手收了回來不安的點著手指頭，她把求救的視線探向四周，結果附近只有在偷笑的塗山而沒有其他人。塗山笑得一臉奸詐狐狸精的樣子，芙蓉才不會笨到向他求救，搞不好塗山覺得有趣還會落井下石。

「三……三哥哥這樣說芙蓉不就無地自容了嗎？」如果撒嬌沒有效果，不知道裝可憐能不能行得通？

芙蓉還在轉著眼睛想對策的時候，哪吒已經掐了她的鼻尖一記當作小小的教訓。

「不是寫信讓妳別和雷震子瞎攪和的嗎？看現在遇上什麼事了。」

「人家已經知道不聽三哥言吃虧在眼前了嘛！我知道錯啦！三哥哥原諒芙蓉吧！」

芙蓉說了半句就聽到塗山在一旁噴茶、嗆到在咳嗽的聲音，但她還是厚著臉皮說完。從小她不聽哪吒勸告闖了禍都是這樣求情的，絕對萬試萬靈！雖然自己長大了還這樣做有點矯情，但習慣是很難改變的，一開口就是順口溜溜的。

不過哪吒原諒她之後，恐怕會被塗山取笑很久吧？

「好了好了，哪吒當然會原諒妳。」好不容易止住笑的塗山把握機會打圓場，不然他怕自己再聽到什麼撒嬌話，就要直接抱著肚子在地上滾了，這樣太損害形象了。

「順帶一提吧！芙蓉妳用盡全力救回來的青年也沒有大礙。他還真有福氣，竟然讓東王公親自移駕去看了一眼。」哪吒說道。

「欸？」

「東王公說妳雖然不一定第一時間記起那位青年，但事後也一定會擔心，所以幫妳看過他了，確定一切無恙。」哪吒審視般看著芙蓉臉色瞬間漲紅。

這事還真的被東王公說中了，芙蓉醒來後真的沒即時記得歲泫的事；費了這麼多功夫救人，結果原來都沒放在心上，芙蓉自己也覺得丟臉了。

「真不知道遇上妳是他的造化，還是命中註定的不幸了。」

「塗山你這樣說很過分耶！」

芙蓉氣得跑到塗山面前抗議，結果繼被掐鼻子之後，她又被賞了一記彈額頭。

「你們全都欺負我！」

「這是罰妳不顧自身安危的小懲罰，救人是好，不過也得考慮一下自己的情況，不給妳一點教訓又怎會記在心上。」

「我知道了。」

芙蓉像委屈的小貓咪般垂下頭，不過哪吒和塗山都知道芙蓉現在的承諾就如浮雲一樣，不禁交換了一個無奈的眼神。他們心想如果再有下一次，芙蓉同樣會拚命去救自己能救的人，要是她變得什麼都以自己為優先考慮，反而不再是他們認識的芙蓉了。

「既然知錯，那現在快準備一下，東君說了入夜後就要出門了。」

「晚上才出去？」芙蓉疑慮的反問，東王公不是和自己一樣知道了赤霞的真面目嗎？為什麼還要在晚上這個對赤霞最有利的時間出去？

「東君自有想法吧？」哪吒說完，從一邊的桌子上拿了一盤早已經準備好的瓶子給芙蓉。

芙蓉納悶的看了看這些空瓶子，不明白為什麼哪吒突然拿這些給她。

「這是給我做什麼？」如果是別的瓶子就算了，為什麼三哥哥拿出來的偏偏是黑玉瓶子？

「芙蓉妳瞞得真深，一直都沒告訴三哥我妳研發出這麼厲害的武器了。」

「什麼武器？」芙蓉額角開始冒出可疑的幾條黑線，不祥的預感告訴她，三哥哥等會兒一定會氣死她的！

「那是投擲用的消耗型寶貝吧？」

「噗——」

哪吒認真的態度讓塗山再一次噴茶了。

※　　※　　※

東王公在珍寶閣的花園中正抬頭看著月亮，上次下凡時間太倉促，除了和東嶽帝君處理後續事宜，也不好讓九天玄女認為他不走是故意留在凡間監視她，於是早早回去仙界，都沒有時間像現在這樣看看凡間的月亮。

已經是連數也數不清楚的歲月了。

「東王公？」

他轉過身，剛才偏廳中的動靜他也聽到了，本以為芙蓉會和哪吒、塗山再聊一會兒，誰知道芙蓉竟然出來了。

「你們怎麼了？」

「塗山把茶噴到三哥哥身上去了，為避免被殃及池魚，我就出來避難了。東王公你在看月亮？呀！烏雲都散了！」

芙蓉看著天空變得一片清澈，一輪彎月掛在湛藍的星海之中，不禁高興的笑了。漫天星海的景致，芙蓉從下凡後一直沒看厭，不過有時她會想，這片星海上可能會有熟人正在觀察她有沒有出糗吧？

「這樣的天色只有在凡間才可以看得到。」

「真的呢！仙界滿天都是彩霞或是銀河，和凡間的天空都不一樣。」

「看不到凡間的夜空，妳會掛念嗎？」

芙蓉愣了一下，沒有即時回應，她沒有笨到認為這是東王公隨口問問之語。他從來不做無謂的事，所以東王公問了就一定有原因。偏偏還在這個時候問，大概是因為妖道的事吧？

芙蓉推想，今晚應該就會解決這些事件了。但她知道，光是敖瀟那邊的敖氏殿下們不可能就這樣嚥下這口氣；而那些可能不服現任妖王的妖魔鬼怪，也會在沒有妖王之後蠢蠢欲動。

妖王挑起的事就好像落入水面的一顆小水滴，水滴對比一座湖很小，但它擴散出去的漣漪就不同了。事件即使結束，一定還有很多複雜的善後工作，那樣的話自己待在凡間是否合適，已經不是她自己能決定的事了。

東王公現在是在暗示她做好回仙界的心理準備吧？

想到可能要離開，芙蓉心裡感到一陣失落。

而這些，東王公全看在眼裡。

「也不是回去了就不能再下凡，距離芙蓉還清帳本上的債，還有很長的一段路呢！」

東王公唯一沒有告訴芙蓉的事，就是她從有很多債主變成只有一個債主而已。

「我已經很努力了。」

「妳的努力和成長，大家都是有目共睹的。」

「真……真的嗎？」感到自己被稱讚了，芙蓉有些得意忘形的手舞足蹈起來。

芙蓉差點開始傻笑之前，東王公伸出手輕輕擱在她的臉頰旁邊，她立即靜止不動，一雙大眼睛只剩下緊張，直直盯著東王公那雙比紫水晶還漂亮的眸子。她想要知道他現在在想什麼，無奈紫色的眼眸就如同顏色本身只帶著濃濃的神祕感，她什麼都看不透。

東王公似乎很喜歡芙蓉這種嚴陣以待、但眼睛卻閃亮亮的表情，他私心的希望這神情是屬於自己的，至於要怎樣辦，他回頭會好好思量；現在他很是滿足，嘴角的弧度不由得多了幾分。

這抹笑容換來了芙蓉驚喜的輕呼，東王公在芙蓉開始吱喳說他笑了之前，手托著她的臉頰，另一隻手則是把之前送給芙蓉的簪子拿了出來，再一次為她戴上。待東王公收回手，芙蓉迫不及待的摸了摸髮飾的形狀，確定那時被赤霞碰到的那一下並沒有傷到簪子半分。

「東王公……你到底在玉珮和簪子裡預先藏了什麼法術呀？」東西沒弄丟，芙蓉呼了一大口氣，接著她覺得這正是一個好時機，終於可以提問這個她想了很久的問題。

基本上她要是遇上了危機，東王公送她的這兩件寶貝都會自動釋出救命的法術。把法術預先藏在寶貝中的這種工藝芙蓉涉獵甚少，又因為她炸爐而名揚天下，仙人們都不敢收她當學生，她想要學就只好不恥下問了。

「要是妳真的出了什麼事，這些寶貝中最強的法術大概可以把這國家四分之一的國土和傷害妳的敵人一同化成焦土。」

芙蓉驚愣住了，這個答案太令人驚訝，究竟東王公是在開玩笑還是說真的！

和芙蓉同樣一臉驚恐的還有兩名偷聽者，哪吒和塗山兩人的臉色比芙蓉還要難看上幾分。哪吒和塗山相信東王公說的是真的，不過他們兩人更相信一點，就是芙蓉若戴著一身寶貝還是出了意外，即使那兩件可怕的寶貝不釋放法術，父愛氾濫的玉皇也會先跳出來叫囂著要找人陪葬，到時這國家恐怕不止四分之一的土地和人口會消失……

芙蓉妳真是個移動地雷！而且是會吸引麻煩上身的體質，更會引發大規模的報復行動呀！

「時辰差不多了，也是時候去找該見一面的人了。」

東王公只交代了一下就喚來了他的彩雲，哪吒和塗山忙著跟上，不過從頭到尾芙蓉發現自己一直沒有見到潼兒，也不知道他跑到什麼地方去了。

※　　※　　※

踩上東王公的彩雲飛上天空，芙蓉不禁回想起自己那不堪入目的初級彩雲，舒適度和平穩度真的不是同一層級，實在相差得太遠了。想到潼兒對自己的危險駕駛頗有微言，芙蓉心想還好現在潼兒看不到東王公的彩雲，不然她更沒面子了。

芙蓉發現東王公沒有朝城外飛去，目的地應該是在曲漩城內，這樣的距離沒想到東王公並不用飛行法術；回想一下，她好像真的沒見過東王公利用飛行法術移動。

「我讓潼兒先靜靜想一想，事情過後他是想暫時留在凡間繼續歷練，還是回到仙界去。」

一片清澄的星空下，東王公像是提起天氣不錯般說了一句，可芙蓉卻沒這麼冷靜，聽到這話她有一點慌亂，差點就衝口而出反對的話，想要求東王公一定要潼兒和她共同進退。

但張了嘴，芙蓉卻什麼都沒說，細心一想她是沒有任何立場去左右潼兒對自己人生的決定，作為潼兒身邊一個姐姐般的角色，她應該支持他的決定而不是綁住他。難不成她真的要讓東華臺上名列前茅的仙童長時間做她的玩伴嗎？即使潼兒不介意，她也應該要大力反對才是。

「潼兒應該會回仙界吧？成為天官是他的目標。」

「以潼兒的資質，要當天官什麼時候都可以。讓他想，主要是因為他本身的因緣。像是芙蓉在凡間的這段時間，也認識了很多不同的人吧？」

「也是……」

像是塗山、李崇禮。雖然還有很多其他的人，但他們兩個是所有人之中最重要的朋友，她回仙界後會掛念他們的。塗山是狐仙，命很長，她不怕再也見不了他，但是李崇禮呢？現在東王公讓潼兒細想，是不是因為怕潼兒接受不了自己在凡間的朋友會在他回仙界後沒機會再見一面？例如歐陽子穆？

那她呢？為什麼不問她要不要考慮？

李崇禮只是個凡人，活不了百年的，她回去仙界後，如果短時間內沒機會下凡，不就再也見不到他了？要是她回去仙界之後他遇到什麼意外，怎麼辦？

東王公一直看著芙蓉的反應，藏不住心思的芙蓉所表現出來的和東王公預想的一樣；若是換了別人，現在大概已經努力遊說她或是乾脆下達命令她必須要回去。東王公其實知道一件能讓芙蓉放心回仙界的布署，但他卻什麼都不說，他要芙蓉自己做好決定，學會處理自己和凡人之間的交往也是十分重要的課題。

仙人一定會比凡人長命的，先走的一定是一個又一個的凡人。

但現在給芙蓉思考的時間很短暫，完全不足夠讓她得出結論。轉眼間他們已經來到目的地，在雨已經停下的現在，那一片紅燈籠的地方芙蓉實在不敢說是陌生。

為什麼他們一行人又浩浩蕩蕩的來花街了？

四周和芙蓉第一次來時一樣，大街和建築物的門面掛起了鮮豔奪目的紅燈籠，不同的是今天街上一個人都沒有，四周靜悄悄的，不像平日般充滿男子放蕩的言辭，也沒有花樓姑娘們的嬌笑還有歌舞聲，只剩下晚風吹動燈籠時發出小小的啪啪聲響。

「別擔心，曲漩城內的人今晚都會睡上一頓好覺的。」

哪吒作為東王公的側近，自然不會只站在東王公身邊。來到預定的戰場，他亮出武器火尖槍領頭探路，半刻鐘不到便已經用槍尖挑了好幾個躲起來的小妖，很順手的丟給塗山處理了。

他們要找的不是這些因喜歡花街的汙穢而聚集的小妖怪，也不是由敖瀟負責對付的妖王，比起已經被摸清底子的妖王，赤霞的存在才是更令人憂慮。

只是白天時，他們已經從花街把他挖出來過一次，現在他還會選擇這裡作為藏身之所嗎？

芙蓉不自覺的摸著掛在胸前的玉珮，一邊跟著前進，雖然這次有東王公在場是萬無一失，但她還是有點擔心現在四人當中最弱的她會不會拖累眾人。

「東君！」

在前方探路的哪吒喊了一聲，但他並沒有擺出迎擊架式，看來只是發現了線索而不是找到赤霞本人。芙蓉跟著東王公踩在彩雲上飄過去看到哪吒發現的東西時，忍不住怪叫了一聲。

在並排的花樓間，一條小巷裡有一個血肉模糊的人躺在那裡，他一隻手沒了前臂的部分，而一雙腳更是被打斷了；他還沒有死，只是靠著作為妖怪的強韌身體支撐著，但從他已經不能自癒的情況來看，現在也只是在苟延殘喘，拖著不死有的不是希望而是痛苦。

從這名妖怪的眼神就可以知道他已經沒有求生的欲望，說不定有力氣的話，他早就咬舌自盡了。雖然妖怪咬舌也死不了，要自盡只有毀了自己修煉的元神，知道這一點但做得出來的妖怪是絕對的少數，要是有親手打散自己長年修煉而來的元神的勇氣，倒不如想想怎樣活下去。

「是妖王的參謀勾宇。」哪吒和塗山異口同聲的說。

芙蓉驚訝不已，這個勾宇的知名度竟然比實力強橫的赤霞還要高，哪吒和塗山第一時間就認出這個已經不成人形的妖道了。

「天宮的通緝名錄上有他的畫像。」回應芙蓉的疑惑，哪吒一本正經的說。在工作上，他絕對比雷震子要可靠的。

「那種形態抽象的畫，你也能認得出來呀？」塗山佩服的拍了拍哪吒的肩膀，結果被哪吒用眼神反問。

塗山解釋道：「我以前和他見過一面，我不記得是多久以前的事了，那時他特地來拉攏我，我就隨便開了個他絕對做不到的要求把他趕跑了。」

在一個人都沒有的街道上突然看到一個血肉模糊、肢體不全的人躺在路邊，那散發出來的氣氛絕對是充滿詭異的，而且這個瀕死的妖怪看到敵人的到來，竟然還一臉高興的想要拖著殘缺的身體爬上前，那仍完好的手伸向芙蓉他們所在的方向，每一個人都會覺得那隻手是伸向自己的。

芙蓉從來沒見過勾宇，但即使是陌生人，看到對方變成這副模樣也會生起同情心，更別說對方散渙的視線對上自己的時候，那渴望求死的神情讓芙蓉不禁退了一步。他再可憐，她也不可能幫他了結殘生呀！

「妖王手下第一智囊竟然落得如此下場，本該應你的要求給你一個痛快，但誰叫你們有山寨王不好好當，硬要拂逆虎鬚。」塗山也不是沒有同情勾宇現在的慘狀，但想到姬英一切的鹵莽行動說不定就是這個勾宇設計出來的，塗山的心就狠了起來。

絕不能讓他這麼容易就解脫，他想死就偏不讓他死，要他好好償還自己的罪孽！

「不……求求你們，給我一個痛快吧！」勾宇瞪著一雙滿是紅筋的眼睛，看到塗山冷漠的表情頓時變得緊張起來，他現在最不想要的就是這些人把他救活延命，他已經變成這個樣子了，要是沒有能續骨生膚的仙丹靈藥，他這輩子就這樣殘了，而且落入仙界的手中他還有未來嗎？

他知道自己做過的所有事足以讓他餘生都在仙界的懲罰中度過，與其這樣他寧願死。

勾宇鼓足全部的氣力準備自毀元神，但他的心思早已被看穿，火尖槍的槍尾毫不留情的戳到他的肩膀上，纏在火尖槍上的炎氣燙得勾宇不住的慘叫，同時哪吒用法術限制了勾宇所有的行動，斷了他自盡的可能性。

哪吒轉頭看向東王公，無聲的請示後續的安排，如果東王公說一句「就地正法」，他很樂意動手，但是留下妖王身邊的參謀一條小命，能得到的成果絕對是比一槍殺了對方要豐厚得多。

東王公帶著芙蓉從彩雲走到地上，這時候芙蓉才注意到東王公今天的衣著與平時很不同，雖然色系是一樣的，但卻不是平日那件尾襬長長的袍子，剪裁也有很大的不同……她竟然現在才發覺這一點！

慘叫和喘息聲交錯著，當勾宇感覺到東王公身上傳來的仙氣時，不禁掙扎得更厲害，即使他動不了，但叫聲卻已經充分表達出他的恐懼，特別是他看到了那一雙沒帶一絲同情、正俯視著自己的紫色眼眸，這一刻勾宇看到的畫面讓他後悔生於這世上，更後悔自己賣弄小聰明。

「作為妖王的參謀，就送他到帝君那裡好好的把事情交代吧！」

東王公一句話便決定了勾宇的去留問題。

勾宇的眼中閃過一絲絕望，沒有妖道不曉得被帶到東嶽帝君面前的下場，那等於是活生生的墮進地獄中！

「勾宇，那偽造的輪迴書是你的主意吧？讓姬英在京城鬧出那樣的喧擾，到底是為了什麼？」

「不用問了。他是不會說的。」

哪吒移開了火尖槍，在他看來勾宇已經不會再說什麼了，陷入絕望的勾宇根本連活都不想活，自然也不會合作的把自己知道的情報說出來，不把他帶去地府迫供，是不可能問出更多的了。

哪吒從武服的腰帶中拿出一根小小的像是竹枝的東西，單手扳斷，接著兩個從地府上來的鬼差從陰影中飄出，來到所有人的面前。他們朝東王公及哪吒行禮，接著把勾宇帶走。過程中他們連一句話都沒說過，更沒有發出一點聲音。

無聲的陰森感讓芙蓉連看都不想看，不過她知道這兩位不是一般上來凡間抓孤魂野鬼的鬼差，而是待在東嶽帝君身邊的手下，最好認的就是他們的袖子上多了一道銀線，真的是一道很細小的銀線刺繡，眼睛長太大絕對有可能會看漏眼。

看到他們，芙蓉就想起帝君寫給自己的信了。現在不是提出的好時機，她要記得事情結束之後不能讓東王公說回去就回去，一定要他幫忙她向東嶽帝君討個人情！

第十二章 該是妳努力的時候了。

「既然已經看到伴手禮在這，那正主兒應該也在附近了。」

東王公玩味的看著鬼差離去，然後轉過身領著眾人走在大街上。他既然主動帶頭，自然沒有人僭越走到他前面，四個人以東王公為首，接著是芙蓉，塗山和哪吒待在最後方警戒著向前走。走了一會兒，哪吒終於忍不住開口了。

「東君，不該由您去見他的，還是末將去把他趕出來吧！」

「無妨。」

東王公轉頭朝哪吒一笑，然後他伸手比了比右前方，那邊一間花樓門前的燈點得特別光亮。掛著紅燈籠的燈架營造出一條迎接賓客來臨的通道般，在燈火搖曳的陰影下，芙蓉不禁覺得那些影子好像有什麼不好的東西藏在裡頭，在向來人招手似的。

這不會都是赤霞故意設置的陷阱吧？那些陰影會不會化出什麼東西走過來？芙蓉不禁憂心忡忡的看著四周，要是像赤霞那樣人形的也就算了，可若是跑出團團的黑色陰影，她會覺得十分恐怖。

就像蛇給芙蓉冷冰冰、滑溜溜的印象，陰森和沒有形態的影子也給她一種黏糊糊的感覺，這都是她不喜歡的類型。

「妳的樣子就像初出茅廬的菜鳥般戰戰兢兢，妖魔鬼怪又不是第一次見了，大半年前妳不是悍不畏死的揮著鞭子追我打的嗎？」

礙於東王公在場，老實說塗山不敢揮芙蓉的額頭，他好歹是個識時務的狐仙，不會做出明知道會得罪人的事。但他現在的心情也確實有點複雜，想想在京城的日子，明明發生事情時芙蓉躲的是他的背後，現在她卻很自然的黏在了東王公身後。

塗山相信這個遲鈍的丫頭一定不知道自己的行為已經出賣了她的心思，在場三個人中讓她覺得最安心的是東王公，連她口中的三哥哥哪吒都完全比不上。

想必哪吒的心情也一定很複雜吧？

為了確認鬱悶的不只自己，塗山每隔幾秒就偷瞟哪吒一眼，看得哪吒一臉想衝過來痛揍他的表情。塗山苦笑了一下，要是李崇禮看到現在這一幕會有何感覺？也會傷心吧？

最令人糾結的是芙蓉根本毫無自覺，害他這個旁觀者也不好說什麼，再說要是他敢對芙蓉的少根筋有意見，恐怕東王公轉頭就會派人斃了他。天知道東王公到底是怎樣想的？塗山現在完全不知道東王公有什麼打算，以他的身分地位，在天宮坐著指揮已經很足夠，哪需要親自跑去赤霞的大本營？塗山覺得東王公像是難得來凡間郊遊，討伐妖道倒是其次。

塗山懷疑，真的需要東王公親自下凡來嗎？

「拿著鞭子追打的說法好像非常容易令人誤會。」芙蓉以一臉無法苟同的表情瞪向塗山，偏偏塗山很不給面子的假笑了兩聲，還誇張的拋出一個看不起她的眼神，讓芙蓉真有衝動過去戳塗山的眼睛。

眼看自己人當中竟然出現劍拔弩張的態勢，作為芙蓉三哥和塗山朋友的哪吒只好挺身而出，免得他們兩人就要在東王公面前大打出手。哪吒一直留意到東王公看似一臉事不關己，但他肯定是無時無刻留意著身後芙蓉的情況。這一切全都落在哪吒眼裡，絕對不會看錯的。

「芙蓉拿著丹爐追小女仙、小仙童的情況時常發生，而且丹爐的殺傷力比鞭子尤甚，仙界的大家都已經習慣，所以芙蓉不用擔心別人誤會。」

頂著作為芙蓉三哥名號的哪吒不忘替妹子辯護，可他提出的例子是否適合實在有待商榷，塗山一聽就忍不住笑得肩膀狂抖，連東王公的眼睛也不禁笑瞇了一下。

糗事被重提讓芙蓉惱羞成怒不斷抗議，轉眼她就精神滿滿、忘了自己剛才在膽怯什麼了。這樣一鬧，所有的人心情已變得和出發前不同，塗山看向忙著跟哪吒抗議的芙蓉，越發覺得這次的妖道討伐真的已經變成郊遊了。

四人走到了燈路的盡頭，那花樓的大門門簷下掛著兩個隨風搖曳的大紅燈籠，虛掩的門縫透出室內的亮光，而那半敞的門縫更是誘惑著別人伸手打開它。

東王公站在大門前，什麼表示都不需要，隨侍的哪吒已經上前準備破門而入。

雖然知道有東王公在，不用擔心芙蓉的安全，不過塗山還是站在一個可以保護芙蓉周全的位置，為的是幫李崇禮這個從小看到大的孩子做些什麼。

作為四人當中絕對的實戰花瓶，芙蓉倒是沒忘記要警戒四周，先抄了把短刀在手。她認為室內戰使用鞭子太長不方便，也容易打中自己人，短刀是最好的選擇。她深呼吸一口氣，又摸了摸胸前的玉珮，指尖滑過上面雕刻的紋路，從東陽藍玉上透出的靈氣讓她定了定神。

東王公說過，有這玉珮她就不用怕赤霞，她要相信這個護身符。

負責當先鋒的哪吒嚴陣以待，手上既拿著火尖槍，另一件著名的寶貝九龍神火罩也拿出來了，頓時一道淡光閃現，一層光膜般的罩子覆蓋在所有人的上方——有了這道保護，即使在開門的瞬間被偷襲也不怕了。

「開門吧！」東王公微笑著看了三人一眼，目光停在芙蓉專注望向前方的神情時，不由得放柔了幾分。

哪吒一腳踢開了虛掩的門扉，映入眼簾的不是埋伏的敵人或是暗藏的攻擊，而是和一般大型花樓一樣的兩層樓天井大廳，這裡不像是仙界和妖道將要決戰的地方，整個空間給人一種極致的繁華靡爛。大廳的布置讓人有一種連凡間皇宮都比不上的華麗感覺，但浮誇的同時又讓人目不暇給，當中有不少東西更是凡間珍品，換成銀子也不是個小數目。

芙蓉愕然的抬頭看向室內四周，地上散布著一張張看上去很軟的手工編織氈子，四周垂掛著滾上金絲銀邊的紅色紗帳，家具雖然大部分是常見的樣式，但擺放的方式卻讓人覺得帶有一種身處外邦的感覺。

層層紗帳間點亮著一個又一個的燈臺，隔著燈罩折射出的光線映在一條條輕紗上，竟意外的形成一個個不同的圖案；而紅紗上的金絲銀線也反射著燈光，整個空間營造出來的氛圍已經可以說是一種無形的結界了。

帶著異國情調的陌生氣氛很容易令人迷失其中，芙蓉也差點陷進去了，直到那道會刺激她神經的聲音響起為止。

赤霞這個人，包括他的存在、他的聲音和一切，對芙蓉來說都很鮮明，是個不論立場如何，她都一定會抗拒的人。

「我準備的見面禮，大家還滿意嗎？」

紗帳後有個模糊的人影動了動，隱約看得出那人從躺著改為坐起身，卻很快又挨了回去。配合現在的環境，這人給人非常從容之感，態度也十分慵懶。

感覺真像某個人。芙蓉不由得從這個懶洋洋的影子聯想到自己第一次誤闖珍寶閣時的情況，那時候靠在床上的敖瀟不就給人相似的感覺嗎？想到這，芙蓉覺得自己頭上一定開始有烏雲累積，她把敖瀟和赤霞聯想在一起的事情絕對不能讓當事人知道，不然敖瀟把當時的事加鹽加醋說出去，到時候帝君對她的懲罰一定會加重不少。

如果帝君那封信的內容再重一點，她一定受不了的！

芙蓉拍了拍臉頰打起精神，為了不讓表情出賣自己，她連忙屏息靜氣的擺出一張凝重又認真的表情，但稍微僵硬過了頭。

「很不錯。」東王公似乎對這裡的陳設很感興趣般四處打量，接著朝紗帳後的人深意一笑。他的回答不知道是針對這裡的陳設，還是給予赤霞的回答。即使有疑惑，也都被他的微笑拂過去了。

「難得你可以把法術藏得這麼深。」東王公語調多了幾分讚賞。

東王公伸手在前方虛點了幾下，一道道漣漪般的水波隨即從他點過的地方向外擴散，天花板旁的簷角、牆壁以及地板上，慢慢的浮現出一道又一道的符令，其複雜及混亂程度讓哪吒和塗山也感到驚訝。

芙蓉意外的看著這些複雜的符令，她雖然很不喜歡跳壇和唸咒語，但有關法術的書她看過不少，即便她不一定有能力使用，不過看了也是增加知識，以她靈氣的天賦，日後萬一遇上這些法術就能知道破解的辦法。

可她沒想到有人竟然能夠把符令像煮雜燴般全倒進一個鍋子！是食物的話，一鍋煮熟頂多是味道差不能吃，但法術符令亂用出了錯是會死人的耶！

就像時常發生在她身上的炸爐事件一樣，她只不過是煉丹時沒控制好、出了些差錯而已，結果那破壞力就能輕鬆炸飛一座宮殿的屋頂。眼前這一鍋亂七八糟的東西要是出了什麼意外，說不定在場的人來不及做任何補救措施，整個曲漩城從此就會在地圖上被抹去了。

芙蓉大氣也不敢吸一下，現場有本事擺平這亂局的只有東王公了。

沒有人看得明白東王公用了什麼方法，他只是站在原地看著那些符令不斷的流轉，紫色的眸子中仍是波瀾不驚。

那些被激發的符令中跑出一道道不祥的暗色流光，這些光線每竄到一處都會令整棟建築物開始震動，隨著時間過去，流光的數量變得越來越多；不過異象並沒有維持很久，從東王公身邊升起了一些有半個掌心大的白色光球，它們一出現，暗光的流動就變得緩慢，未幾，凌亂不祥的暗光重新隱回原處，建築物也不再搖晃了。

白色光球的光線很明亮卻不刺眼，而且在光線照射到的地方是一整片的白，就像光線是從四面八方照射而來，沒有角落能夠存有影子。

東王公撥開擋在面前的紗帳，在點點白光之下，紅紗原來的顏色也褪去了，變得一片白。他朝最裡面走去，停在最後一層紗帳前。

芙蓉連忙跟上東王公，只差沒像小孩般拉著人家衣襬罷了。

最後一層紅紗後的人站了起身，那高度、身形還有輪廓，全都和赤霞一樣，他就只隔著一層輕薄的紗帳跟東王公對望，他們兩人之間的距離完全就是一臂之隔，要是現在赤霞對東王公做些什麼危險事的話怎麼辦？

心一急，芙蓉也忘了現場還有哪吒和塗山兩名戰力在，她竟然直接從後面閃身到東王公前面，一把撥開了紅紗，兩手一伸推在赤霞胸前，而偏偏出乎所有人的意料，芙蓉真的把赤霞推跌回他原本坐著的那張躺椅上！

她什麼時候變得力大無窮了？

芙蓉被自己的表現嚇了一跳，不可置信的看向自己的一雙手，這一看才發現手上黏黏滑滑的沾滿了血，而且還熱熱的，很新鮮。但是她抬頭一看，赤霞的衣裝上並沒有半點血跡，只是臉色有點蒼白。那麼……血是從什麼地方來的？

哪吒很快的上前把芙蓉拖回後面，眼神警告她不准亂來。芙蓉自己也是有幾分害怕，乖乖的待在後方擦著手。

赤霞沒有再站起身，乾脆就靠在躺椅上，儼如主人家般向東王公擺手示意隨便坐。

明明自己處於劣勢還在裝呀！芙蓉眼看赤霞整個人都沐浴在東王公那些白光球的光線下，有點擔心他會不會沒過多久就直接被蒸發掉？東王公要是真的有這份心思，恐怕赤霞現在已經死了不止一次了。

芙蓉觀察的目光意外對上了那雙有著銀圈的日蝕眼，那黑眼睛中的笑意今次卻沒有先讓芙蓉打冷顫。

「不愧是仙界的大人物，我這些雕蟲小技果真瞞不了你。」

赤霞心情似乎很不錯的牽起愉快的笑容，這笑容配上他身上的傷勢，令人覺得很不協調，他既不像因為走投無路而變得豁達，反而像在期待著自己最後那一分一秒的來臨。和剛才在路上遇見被殺傷至肢體殘缺而一心求死的妖王參謀勾宇不同，赤霞反常的樂觀更令人覺得恐怖，他會做出任何事根本不足為奇！

芙蓉肯定赤霞身上一定有傷，只是不知他用了什麼方法掩飾。他這一身的傷到底是誰下的手？難道除了赤霞之外，這裡還潛藏著比他更變態可怕的人嗎？

「我來只是看看情況。說到底，我親自出手也不太妥當。芙蓉，該是妳努力的時候了。」

除了東王公之外，所有人都沉默的站著，視線很一致的移到東王公身上，看著他走到一邊的椅子上坐下，一副旁觀的樣子。

芙蓉左看看哪吒、右看看塗山，再比了比自己，她尋求協助的二人只能回她一個同樣茫然的神色，他們都不知道為什麼東王公會突然把她推出來。

「東王公？這……」

「妳不是已經知道赤霞的來歷了嗎？所以接下來，妳可不能站在旁邊看了。」

「但那不是同一回事吧？」

東王公這次不回答了，只是示意哪吒回到身邊，對於芙蓉和塗山的行動則沒有任何指示。白色光球發出的亮光慢慢消褪，屋內回復成原本的顏色，光球變得像是珍珠般飄來盪去。哪吒逼不得已來到東王公身邊，但看到芙蓉不知所措的站在己方和敵人中間，他忍不住想要幫忙。

他不服氣。在下凡前，東王公已經讓他從鏡子中知悉大部分的來龍去脈，但妖道就是妖道，即使仙界的盤算正好和某一妖道的計謀是相似的，他們也絕不可能是合作的關係。他們來到此處，是要抓捕比妖王更棘手的赤霞，芙蓉只是此事件意外的參與者而已，為什麼突然變成芙蓉要站出來努力了？

「東君！這妖道暗藏陣法圖謀不軌，末將請命現在就拿下他！」

哪吒實在無法忍受赤霞目中無人的半躺在一邊，他面前的可是仙界巨頭之一的東王公，而不是普通的天將！過去一些生事的妖道被天兵天將追捕喪命，不少妖道也以死在出名的將領手下而自豪，赤霞現在的態度簡直是侮辱。

「不急。」

東王公輕輕的兩字就壓住了哪吒想要上前揍飛赤霞的衝動。然而，壓得住哪吒的行動，可壓不住哪吒火熱的視線，他凶狠的目光也快變成兩道火線把這裡漫天的紗帳燒起來了。

「這樣就好，最重要的大禮現在還沒來，不過我想不用我費心，你們也已經都安排好了吧？」

芙蓉疑惑的看著赤霞胸有成竹的笑容，為什麼他和東王公的對話好像是雙方早已有過協定似的？

她是不認為東王公會私下和妖道勾結，如果真的要芙蓉提出一個會和妖道勾結的仙人，芙蓉一定會選敖瀟。為了賺滿那些白花花的銀子，那群姓敖的貪錢怪大概不介意在賺錢這回事上稍微和妖道合作一下吧？至於這種合作會不會和他們的驕傲相違背，就不干芙蓉的事了。

「塗山、塗山……」

覺得整件事有不可告人之祕的芙蓉悄悄的挪到塗山身邊，她的移動惹來躺椅上赤霞的注意；赤霞視線一轉移，其他人不禁也跟著看過去，正好看到芙蓉鬼鬼祟祟的樣子。

「妳不用問他，不如問我吧！」挨在躺椅上的赤霞，現下總算對著芙蓉說話了。

他一開口，芙蓉就如同炸了毛的貓一樣，驀地站起身一手扠著腰、一手指著赤霞，兩條原本秀氣的眉毛豎得高高的。

「誰要問你！」

「完全變成像是茶壺般的形態了哦！」塗山好心的提醒芙蓉。要知道，想作為一個優雅的女仙，絕對不能渾然天成般流暢的做出潑婦罵街的指定動作，所謂習慣成自然，看芙蓉說做就做，已經到了快沒救的地步了。

「你管我！」

「我不管妳自然有人管，給妳個良心提醒，免得妳被教訓沒個女仙樣子還要凶我呢！哪吒你看現在世風日下呀！」塗山像是老媽子般在芙蓉身後小小聲的碎碎唸，音量故意不大不小又剛好讓所有人都聽得見。

被點名的哪吒沒說話，但硬板著的臉出現了一絲裂紋，而東王公卻是只笑不語，看在芙蓉眼中，他們全都在默認她變小潑婦了。她沒有怪他們、更沒有生氣，她的第一個反應卻是想到了東嶽帝君的說教方法。

「都是你不好！」芙蓉把怒火發洩在赤霞身上，她忘形的走前兩步，但還是小心的不敢走得太前面，以免赤霞只是裝重傷、待會就直接撲過來。

赤霞正起身，兩邊手肘放在膝蓋上支著自己上半身的體重，一頭紅髮看起來也沒有之前的生氣勃勃。看他似乎真的受了傷，芙蓉不免有些好奇，是什麼人物把他傷成這樣？連敖瀟、塗山還有雷震子他們都對赤霞的能力束手無策，到底是誰想出辦法破解赤霞的能力再重創他？

「芙蓉把我放在心上，我感到很榮幸。」

「才沒有！我只是想知道你到底是遇上了什麼人？」芙蓉連忙否認，可惜赤霞是個自我感覺良好的人，她的抗議是無效的，生氣只會氣死自己。

「妳這是在關心我？」

「我是在關心自己！要是有人能把你打成這樣子，那我們就該好好布署了。」

「放心吧！即使是妖王那沒品的傢伙也不可能把我傷成這樣。這全是因為我硬是要把勾宇拖回來這裡的緣故。」

赤霞呵呵笑了幾聲，還很大膽的拍著身邊的位置，眼神示意芙蓉坐過來。

這次芙蓉學精了，要是自己尖叫著說不要就中了赤霞的計，所以她把身邊的塗山推了上前。

「哈哈哈！芙蓉……妳真的好可愛呢！」

「你……你這是說的什麼話！死到臨頭還言辭輕薄！」芙蓉現在真後悔進來之前選的武器是短刀而不是鞭子，要是手拿鞭子的話，現在就可以甩過去出口氣了！

芙蓉氣得臉都紅了，她忍不住轉頭看向東王公，不知為什麼她很想知道東王公有什麼反應。

「硬闖進我設在曲漩城周邊的法術，沒有即時斃命實在值得讚賞，你還算命硬的。」東王公瞇了一下紫色的眼睛。

芙蓉突然有種一道眼刀殺了出來的錯覺，東王公現在嘴角那抹沒變過的笑容，怎麼看上去可怕了好幾分？

「是呀……真的差點沒命了。但我還是要回來把這場戲看完。不然，我花盡心思逼著勾宇騙妖王要逃回到這裡來的心血就白費了。」赤霞自說自話，笑得雙肩都在抖著。「你們派了誰去截擊妖王？在我看來，一定是派了驕傲的水晶宮殿下去吧？這次妖王可要狼狽了，背後被水晶宮的殿下追殺，但又抵擋不了仙界至寶的誘惑。」

「什麼至寶？」芙蓉扭過頭發問，她從來沒聽說過曲漩還收藏著這麼厲害的東西。

她看向東王公，大眼睛眨了眨，但東王公只是嘴角帶著微微的苦笑看著她，沒有解釋；芙蓉連忙看向哪吒，結果得到一個怪異的神情。

「為什麼全部人都看著我？赤霞說的該不會是指我吧？」

第十三章 真身、報復、以命換命……

大家都是一副同意的樣子，反倒是當事人的腦袋完全罷工。為什麼自己會被說成是仙界至寶？

「芙蓉，妳的消息我從京城的傳聞中聽了不少，既然連我都知道，作為策劃人的妖王又怎會不知道妳的存在呢？只不過他不知道妳已經來到曲漩，他放在我身邊的間諜九鱗雖然不怎樣聽話，但也沒認出妳來。」

一提起姬英的事，塗山的臉色立即非常難看，深紅的眼睛瞬間鎖定在赤霞身上。

「你們很想知道那本假的輪迴書是怎麼回事吧？等妖王死在我面前時，我就會告訴你們了。」

赤霞和塗山兩人就像兩雄相遇必有一番龍爭虎鬥般，身上散發出來的氣勢讓人不能接近。站在塗山身邊的芙蓉連忙移到東王公身旁的安全位置，可惜的是塗山和赤霞的氣場還沒到達實體化的程度，不然這邊一定是個最佳的觀賞位置。

「你們全都是要生擒的。」哪吒作為仙界下凡來的天將，不能當作沒聽到這句話。讓妖道換一個沒那麼喜歡生事的頭領是最好的，這次行動他們最主要的是必須活捉妖王，帝君那邊還有很多事情要問，所以妖王現在是絕對不能死的。

「凡事都有意外不是嗎？而且意外指的就是意料之外，所以發生時總是突如其來，不是嗎？」

赤霞換了個姿勢，看得出他的動作有點小心翼翼。對應東王公剛才說的話，赤霞在闖過東王公設下的法術時受的傷並不輕。

他既然說自己是闖進東王公設下的法術，那就是說他本來已經逃了出去，但又故意跑了回來？為什麼？難不成赤霞是仙界的臥底，所以他故意冒死把妖王引回來嗎？這完全說不通呀！如果他是自己人，根本不用在龍宮殺傷那麼多人呀！

「赤霞你到底在打算什麼？」

「妳說呢？」

「我有預感一定不會是什麼好事。」芙蓉說完，立即在心裡腹誹一番。她從第一次遇到赤霞開始，難道就有好事發生過嗎？根本全是糟糕事，他的存在不只讓她本能的抗拒，還會帶來霉運呀！

「我也不知道這對妳來說是不是好事呢……不過我這個人就是如此，最討厭的就是被人利用，妖王有膽子利用我，然後想要借別人的手剷除我，那他當然要為自己的決定付出應有的代價。」

「你……這一切都是在報復？」芙蓉試探的問，很快她就得到了赤霞肯定的笑容，她又忍不住打了個寒顫。

「芙蓉！」

在芙蓉身後兩步之距的東王公突然低聲喚了她一聲，芙蓉一轉頭，一雙紫色的眼睛已經近在咫尺，芙蓉反而被嚇得想要退後一步，但東王公一隻手已經圈過芙蓉的腰，穩穩的把她扣在身邊。

「欸？」怎麼回事？這到底是什麼情況？東王公燒壞腦子了嗎？為什麼他突然這樣子親暱的靠到她身邊來？

那是示威吧？旁觀者清的哪吒和塗山二人，第一時間已經知道東王公這舉動的含意，兩個人不敢表露任何意見，只是做出最安全的反應來個眼觀鼻、鼻觀心，什麼都看不到、什麼都不知道。若這個時候還驚訝的問東王公要做什麼，那是只有雷震子那種笨蛋才會犯的低級錯誤！

芙蓉一下子連耳根都燒紅了，雖然東王公就只是站在她身邊，一隻手橫過了她的背、輕扶著她的手臂，但她感覺自己似乎是被東王公摟著了。

「退開！」

在芙蓉想著該如何開口發問現在的狀態是怎麼回事時，原本轉開視線的塗山大喊了一聲，接著連他自己也急著往旁邊退了開去。

突然轟的一聲，虛掩的大門被重物撞破，從外面撞擊而來的物體加上門板的碎片一連扯下了好幾條紅紗，被扯落的紗帳緩緩飄下，和轟擊後的混亂形成一個強烈的對比。所幸的是，赤霞事前準備的全都是有蓋子的燈臺，不然一層層輕紗落下來絕對會先引發大火。

芙蓉被突發狀況驚得怪叫了幾聲，但她還沒機會看清楚發生了什麼事，便已經被人當作易碎物品處理——不只東王公護著她，哪吒早就擋在最前方了。

芙蓉猛地醒悟，原來東王公摟著她是因為這個呀！

芙蓉好像明白了什麼似的自顧自的點頭，看得塗山滿頭黑線，當場就想拖她到一邊去再教育。

「大禮來了。現在就來看看我想要的意外會不會發生了。」赤霞勾起一個期待已久的興奮笑容，臉色也因為這樣而讓人覺得紅潤了不少。

他站起身走前一步，而以這一步為中心，一道暗影從內往外覆蓋而去，衝破大門擲進來的物體在這道影子覆蓋之下，竟然停留在半空沒有掉下來，也沒有再造成任何的破壞。

赤霞瞬間施展出來的能力讓塗山和哪吒一臉凝重，雖然眼前的物體並不是全身的活動被限制，但被固定在半空中，即使手腳能動又如何？只要掙脫不開，那也只會成為赤霞的玩物。

他現在就像是為了要享受這種樂趣，才刻意這樣做。

「雖然我知道這樣說很不合時宜，但那人在半空中簡直就像一隻溺水的烏龜……」

「芙蓉……這的確很不合時宜。妳說是烏龜的對象可是妖王哦！」即使東王公在場，塗山終於忍不住彈了芙蓉的額頭一下，該說她不在狀況內，還是初生之犢不畏虎的勁頭？竟然當著妖王的面說對方像一隻烏龜？這是直接用言語挑釁妖王吧？

再說，當面罵赤霞是變態，當事人赤霞覺得光榮只是一個特例！沒有人說過妖王也會樂意別人說他是烏龜的！

「他和我想像的敵方頭目有很大的出入……」芙蓉看著空中那個高度應該很足夠，但一身曾經的肌肉已經開始轉化成脂肪，加上臉也圓了的關係，給人的威嚴感遜色不少。把這個發胖的妖王和赤霞並排放在一起蒙上身分給芙蓉猜的話，赤霞的表現絕對比較像妖王。

「妖王沒必要依妳的喜好來化形吧？再說妳這是輕敵，敵人的實力是用外表來衡量的嗎？」塗山無奈的搖搖頭。

「話雖如此……好吧！我就當妖王是故意用這外形來迷惑敵人好了。」芙蓉認真的點點頭。

這邊狀況外的閒談才告一個小段落，大門那邊又再次傳來巨響，兩道劍光從大門外殺進來，轟的一聲把剛才還連在門架上的大門殘骸也擊成殘渣。接著兩道人影在煙塵之中衝了進來，伴隨而來的是一陣熟悉的水霧。

「六殿下，你們都停下來。」

眼看他們兩人就要踏進赤霞那片暗影的範圍，東王公淡淡的說了一句，兩道急速疾馳的人影千鈞一髮的剎停，猛烈的停頓動作帶起了一陣猛風，把剛才斬擊造成的煙塵吹開。

殺氣騰騰衝進來的是兩名來自水晶宮的武將，明顯已經殺紅眼的敖瀟和浮碧兩人板著一張媲美東嶽帝君的冰塊臉，冷色的眸子卻迸發出異常熾熱的情緒，他們一路上就是這麼戰意高昂的追著妖王而來。

眾人看到只剩下妖王一人逃到這裡，相信跟在妖王身邊的妖道已經全數被他們二人料理掉了。敖瀟和浮碧手持寶劍，在東王公的命令下急速剎停了腳步，各自往兩邊退開，其動作的合拍程度和他們平日表現出來的狗咬狗完全不同。

這是追債時的默契！芙蓉在心裡更加肯定的對自己說，什麼事都好，千萬不要得罪姓敖的，還有千萬不要欠他們錢，不然錢債加上人情債，被追起來有九條命也不夠死，絕對會淪落到向東嶽帝君報到的下場！

「東君……您怎麼……」會在這裡？

句子最後四字敖瀟在看完整個環境之後沒說出口，他雖然納悶為何情況如此怪異，但既然東王公在場，那就不是他能出來說三道四的時候。只是他那雙冰藍色的眼睛帶著一絲凶恨盯著赤霞，以及被他們一路追殺的妖王。

一陣陣從低而高的笑聲響徹整個空間，赤霞看著被自己定在半空中的妖王不住的狂笑，他笑得連一頭紅髮都跟著舞動起來，眼睛中的銀光也閃耀起來了。

這一幕很不祥，不是因為赤霞和妖王身上散發出來的妖邪之氣讓芙蓉不舒服，而是她覺得赤霞現在的表現實在很不妥，她的直覺在警告她不能再讓赤霞這樣下去了。

但這預感芙蓉知道是和他們現在的安全無關的。

「東王公……」

「妳說說看，芙蓉。」

「我知道他是敵人，也做了不能原諒的事。但、但是……」

芙蓉有點困難的找尋著合適的用詞，但越是想不出來她心裡越焦急，而東王公只是靜靜的等待她整理好思緒。支吾了一會兒，芙蓉用著連自己都不肯定的語氣遲疑的說：「但是我想……赤霞不能死，不論是妖王殺了他，還是他自己故意置身危險中掉了命，我都覺得他不能死。但我又知道他必須要贖罪……」

東王公伸手摸了摸芙蓉的頭頂，給了一個讓她安心的笑容。

「仙界想要活捉他們，現在六殿下那邊有兩人，哪吒和塗山也在，要生擒不是問題。但那之後的事，芙蓉打算怎樣做？」

「我的打算？」

「妳不是感覺到了嗎？赤霞不想活了。」

東王公總算點明了芙蓉在疑惑著什麼，她就是感覺到赤霞現在是在玩命，在這裡打算以命抵命豁出一切和妖王死戰，之所以故意引仙界的人到來，只是給自己一道保險線。他這麼做不是為了救自己一命，而是萬一自己先死在妖王手裡時，還有仙界的人在場能讓妖王不好過。他在用盡自己的一切去報復妖王企圖利用他。

報復雖然是一件消極的事，但為什麼赤霞如此熱衷於這種消極的行為？芙蓉本來想不明白，但當她想起赤霞的出身和成長環境時，好像明白了什麼，只差一點她就能釐清一切雜亂無章的思緒。

「赤霞！你竟然和仙界勾結！你是想成為一眾妖道的敵人嗎？」

如雷鳴般憤怒的叫聲從半空中的妖王口中傾瀉而出，他一雙眼睛紅得已經看不出眼珠子原本的顏色，突如其來的情況讓妖王驚疑了一會兒，但好歹他也是妖道之首，很快便冷靜下來。縱觀全局他已經是甕中之鱉，仙界恐怕已經從赤霞口中探出什麼情報；即使那個叛徒什麼也沒說，妖王也不認為自己可以平安離開，從仙界送了一封開戰聲明來開始，妖王就知道事情完蛋了。

看赤霞還活生生站在這裡，妖王便知道勾宇已經凶多吉少，在他的授意下，勾宇在背後算計過赤霞那麼多次，赤霞遇上勾宇不報復那才奇怪。

這一切都是赤霞的錯！他絕對要赤霞一起陪葬！

「妖王大人難道只會說廢話嗎？勾結？從一開始你有把我當成妖道的一分子嗎？」赤霞歪了歪頭，動作甚是天真的看向妖王。

赤霞抬起手，手指換著不同的姿勢，隨著他的動作，妖王也被逼著動作，這麼丟臉的事妖王自然出盡全力反抗；也不知道赤霞是不是力不從心，這次赤霞竟然沒完全限制妖王的所有行動。

「我呸！你這吃裡爬外的東西！」

「什麼吃裡爬外了？妖王大人的命令，我赤霞確確實實的執行了。我為你收集了那麼多的寶貝，為了把妖王大人你很中意的定水珠拿到手，我不惜把礙事的人排除掉，你收到珠子時不是很高興嗎？」

「你！」妖王臉色一變，可赤霞說的話他完全沒辦法反駁。在仙人們的眼中，他和赤霞就是同夥的，無論事情是他下的命令還是赤霞自作主張，現在兩人鬧翻只不過是窩裡反，他再解釋也沒用，所以他才會被水晶宮的人窮追猛打。

要是那可恨的九鱗能早些通風報信，勾宇一定可以有更好的布署，那他現在就不會落到這般境地了。

「難道我有說錯嗎？一開始弄出什麼輪迴書的把戲，不就是妖王大人你的主意嗎？只不過你沒想到姬英的實力遠比你想像的厲害，事情到了中途便開始脫離了你的掌控。」

「閉嘴！」妖王惱得滿臉通紅，那次的事絕對不能讓赤霞透露更多了。

赤霞只是一味的把妖王隱瞞的內幕說出來，沒有主動做出任何攻擊，越發焦急的妖王不知用了什麼手段突然衝破了限制，飛身往赤霞襲去，黑袍之下一隻巨大的獸爪冒出，尺寸大得足以一手掐爆赤霞的頭！

這一擊，妖王出盡九牛二虎之力。除了氣力，他也不忘運轉全身的妖力，近身的肉搏攻擊多加了一層妖氣，威力就能多上幾個層次。

赤霞沒躲沒閃的站在原地等待著。他不焦急，反而是旁觀的芙蓉焦急了。

「當妖王不能無知，更不能被逼迫一下就狗急跳牆，要知道人怕出名豬也怕肥，底細已經被查探得一清二楚的你，走近我無疑是自殺的哦！妖王大人。」

「赤霞你才是大言不慚，待你死在我手上，我會記得留你一口氣等你慢慢嚥的！不……還是把你煉化！」

「呵！」

赤霞沒有再回嘴了，他雙手依然空空的，在妖王的攻擊中他只是悠然的交換不同的步法閃避著，而他之前布下的暗影範圍變得越來越深色，那原本灰色的霧氣慢慢變黑，在外邊的人漸漸看不清裡面的情況了。

「東君！難道任由他們這樣下去嗎？」敖瀟身影一掠，繞過暗影的範圍來到東王公的面前。他的禮數有做足卻流於表面，很容易就被人看穿他現在心裡在不服，這兩個屠了曲漩龍宮上下的凶手就在那裡，若赤霞和妖王的不和只是一場戲，兩人在不見天日的暗影中密謀逃脫的話，他們不就前功盡棄了嗎？

「別急。」東王公看著那片毫無光線的空間，他之前喚出來的小珠子重新匯聚在手上，幾顆白珠子不停的團團轉，給人一種可愛的感覺。

但在殺氣騰騰的敖瀟面前，東王公只端出這幾顆珠子根本不能說服他。

「東君！」

「六殿下想要知道的無非是裡面的狀態，它們會讓你看的。」東王公一擺手，那幾顆白珠子轉到一邊圍成一個圈，圈的中間變成一面鏡子般映照出黑影裡頭的情況。

「芙蓉，妳想好了嗎？」

「那個……」芙蓉有點猶豫的看向敖瀟和浮碧。

他們的視線隨著東王公的問話對上芙蓉，對於她猶豫的表情，二人同時表示不解。

「能說服他留下一命的，在場大概也只有妳了。」

「東君！不可以！難道您想讓芙蓉去救那個妖道嗎？」哪吒一直在聽著東王公和芙蓉之間的對話，原來東王公之前說這事和芙蓉有關，指的就是這回事嗎？

「什麼！」敖瀟驚愕的看向東王公，他不敢相信東王公竟然會這樣做。若是東王公讓他們之間任何一人去制止赤霞和妖王的戰鬥，他能理解，他雖然想要手刃他們以報仇，但終究該以大局為重，可是無論怎樣，去阻止的人選也絕對不可以是芙蓉。

讓她去，不就是去送死嗎？

所有仙界成員都看著芙蓉和東王公，心中滿是疑惑。

其實芙蓉心裡已經有了答案，她一定要阻止赤霞以命換命，而她真的覺得只有自己能辦得到，也有多一分的機會讓赤霞聽自己說話。

「不可以讓赤霞死，一命只能抵一命，赤霞一條命也賠不了一整個龍宮的生命，要罰就要讓他用以後的歲月來贖罪！」

芙蓉說完，所有人都靜默了下來。東王公留意著所有人的反應，只要敖瀟和浮碧不反對，那麼剩下的就是讓芙蓉勸服赤霞而已。

「東君，為什麼必須是芙蓉？」

東王公看向敖瀟微微一笑。「六殿下看出赤霞原本是什麼化形了嗎？」

敖瀟沒有回答，他的確是看不出來，也不可能隨口編一個答案。他的沉默也同樣是其他人的答案，大家只是隱約猜測著赤霞的本貌，但要他們肯定的說出來卻辦不到。精怪有太多種，即使飽覽仙界群書也不一定能知道世上所有的事，赤霞便是其一。

「赤霞是影子的化身。」芙蓉看著東王公用法術映照出來的影像，緩緩說著。

在暗影裡面，妖王和赤霞打得不可開交。按理以赤霞的實力根本不需要這樣做，他只要稍微運用一下自己的能力，妖王必定動不了，到時候他要殺要剮或是淩遲妖王都隨他心意，但他卻只是利用自己的能力限制妖王的活動範圍。再這樣下去，赤霞要是不動真格一定會被打敗，他的搏擊實力明顯比妖王要差上幾分。

「原來是這樣……」塗山了然的點頭，說穿後，赤霞的特殊性就全都說得通了。

塗山曾經以為赤霞是蜘蛛精怪之類的妖道，但他若是影子的化身，那麼要限制別人的行動自然是易如反掌，怪不得以他那麼狂莽的個性也不敢在東王公面前要花樣，影子遇上猛烈的陽光也只有認輸的分。

東王公絕對是他的剋星！

「赤霞是窮凶極惡也好……敖瀟……」芙蓉想尋求敖瀟的同意，但她真的說不出口要求敖瀟點頭同意，她自己親眼見過當敖瀟看到龍宮的慘狀時那壓抑的憤怒，要他開口贊成去救赤霞，完全是為難他的行為。

「妳去吧！芙蓉。我能明白妳的用意，再說我們仍有很多事情要從他的嘴巴問出來。」

出乎眾人的意料，先同意的竟然是曲流事件的當事人以及倖存者浮碧，他仍然待在剛進來後一直站著的位置，在東王公用法術投影了暗影中的情況後他也一直留意著。現在大家對芙蓉想要做的事出現分歧，浮碧認為自己是在場最能為此事說上話的人。

「他即使要死，也不是如他所願的死法。妳幫我帶這句話給他吧。」浮碧冷冷的說著。

「我去……真的沒問題嗎？」

得到浮碧再一次點頭後，芙蓉環視眾人，深吸了一口氣。「我會盡力做好的！」

「既然妳要做就好好做，不然我就連同之前的帳一併跟妳算！」

敖瀟臉上有點不忿，但總算不像剛才那樣激動，浮碧的點頭對他有很大的影響力，雖然作為水晶宮的六殿下，敖瀟大可用殿下的身分駁回浮碧的決定，可他最後還是妥協了。他手上的透明長劍轉了轉，畫了一道劍花，敖瀟打著只要不把那兩名妖道打死就可以了，進去混戰的時候多刺兩劍也不算過分的主意，遂戰意高昂。

「那麼六殿下他們進去分開那二人，芙蓉隨後跟著哪吒進去吧！」

「領命！」

芙蓉轉過身朝東王公深吸一口氣，手上按著胸口的玉珮閉上眼睛。這次主動走進危險，她一定要萬事小心，絕對不可以出任何的差錯，絕對不可以連累其他人。

「放心，我就在這裡。」

「嗯！」芙蓉睜開眼睛，那白色的身影就在那裡，在黑暗之中就像是指路的路標一樣，為她指出回來的路。

他在，她就不會迷路，一定能回來。

第十四章 變成芙蓉的新寵了！

東王公讓那幾顆白色光球跟著眾人闖進去暗影之中，外邊暫時只留下塗山和他二人。

聽著暗影中的打鬥聲，心情只會越發的不安，塗山實在沒辦法做到和東王公一樣平靜，趁著現在除了他們二人以外沒有其他人，塗山決定向東王公問個清楚明白。

他也喜歡算計別人，但是卻很討厭自己被算計。

「說吧！這次見面你從開始就是一臉想問個明白，難道我在信裡所寫的還不夠清楚嗎？」東王公淡淡的笑著，他就知道塗山看過之前他發去的信件一定有所疑問，這次見面他能忍到現在算是很厲害了。

「請恕塗山逾越。」塗山正了臉色朝東王公一禮，他還要繼續在凡間混下去，一些虛禮無可避免，東王公待他友善，但他不可以忘記自己只是凡間一名散修的狐仙，更別說往後恐怕還有很多要東王公關照的地方，該做的禮數還是要做全才好。

「無妨，你是該問的。」

「東王公您……到底在打算什麼呢？」塗山稍作停頓，看見東王公沒有惱怒的反應才繼續說下去：「您既著緊芙蓉的安全，在背後準備了這麼多，現在又何必讓她涉險呢？」

這是其一的問題，塗山實在不明白仙界的巨頭們到底在想什麼，既然不放心，但又為何要把人趕下來？雖然這半年多真正遇上的危險也就是姬英那次和現在曲漩的事件，可隨著芙蓉曝光的時間越久，總會有些心懷不軌的妖道開始向她動手，以芙蓉那身功夫，難道每一次都能運氣滿滿的逢凶化吉嗎？誰敢保證那樣的事？

「我以為塗山你會明白。初期芙蓉在保護五皇子的時候，她總是擔心會頻生意外而不讓五皇子出門，那時候你對芙蓉說的話，我覺得現在也足夠能解釋了。」

他說過什麼重要的大道理嗎？塗山皺起眉，眼裡全是問號，他前前後後對芙蓉說過那麼多，東王公說的到底是哪件事？

「在意一個人、想要保護一個人，不是把對方放在金絲雀鳥籠裡就好，很多事情需要她自已去嘗試、去體驗，從別人處聽來的畢竟只是個故事而已，我不希望芙蓉是一隻被關在華麗鳥籠裡的金絲雀。」

「這……東王公難道您不覺得即使不野放，芙蓉她也已經足夠野性了嗎？金絲雀她絕對做不來的。」塗山正色的說。他不是故意說這番像玩笑般的話，這真的是他心裡所想的，可是他這句肺腑之言只換來東王公愉快的笑聲。不過也是難得，他竟然看到東王公笑了。

有關芙蓉野性與否的問題，東王公沒再多言。芙蓉在仙界惹事的目的，他認為如果有需要，芙蓉自己會說出來的。

「塗山，你過去看望故人的後裔時，不也是同樣的心情嗎？」

東王公斜眼看了塗山一眼，那嘴角的笑意帶著一絲塗山在明知故問的笑，害塗山不得不嘆氣連連。

「東王公這不是扔了一個難題給我嗎？」

「是難題嗎？」

「東王公不認為是難事嗎？李崇禮難道就真的能……」

「我說過芙蓉在凡間的時候讓他多照看，他能做到多少，就看他有多努力了。」

東王公說得輕描淡寫，但塗山卻聽得快要抓狂，他就是想問清楚東王公是不是開了什麼條件給李崇禮，他直覺李崇禮打定主意要開始從事修煉事業了，不只是芙蓉笑說的當靈媒，而是認認真真的修仙，這正是最大的問題呀！

再說，多了李崇禮，難道東王公不覺得是個威脅嗎？還是說他有無限的自信？

塗山的疑問一眼就被東王公看穿，紫色眼眸中透出來的是絕對的自信。

「只要芙蓉想要，有什麼是不能做的？」

言下之意就是你打算無止境的寵她，即使在她身邊留下有威脅性的人也一樣？所以現在讓芙蓉去留下赤霞也是同理嗎？這是什麼想法！

塗山覺得再問下去，自己的腦袋一定會負荷過重，他的思考模式完全追不上東王公。

※　※　※

被人寵上天而不自覺的芙蓉緊跟在哪吒之後，因為他們身邊有東王公的小光球，所以即使他們身處赤霞的法術範圍內，也仍能行動自如。很快的，他們的入侵就被赤霞和妖王發現。

赤霞渾身是傷，雖然他也回敬不少給妖王，但兩者比較起來，赤霞已是搖搖欲墜。

仙人的目的是制止他們兩個同歸於盡或是逃走，在赤霞再吃了妖王一擊被打飛出去後，敖瀟和浮碧二人很快就纏上了妖王，把他打退了一小段距離。趁著這空檔，哪吒帶著芙蓉來到赤霞附近，剛才吃了妖王一爪摔在地上的赤霞臉朝下的躺著，狀似失去意識了。

「打……打死了？怎麼辦？」芙蓉一驚，連忙走近赤霞身邊。

在暗得接近伸手不見五指的環境中，芙蓉全靠著東王公的白光球照明，在白色的亮光下，她發現赤霞原本的那一身鮮紅現在全變成了暗紅色。

「別被騙了，一定是裝的。哪有這麼容易被打死。」哪吒對赤霞有絕對的偏見，認為他根本是在芙蓉身邊的一隻害蟲，哪吒現在多想順手刺他一槍，好證明這一切都是赤霞在演戲。

「萬一死了怎麼辦？」芙蓉鼓起勇氣伸手搖了搖赤霞。如果可以的話，她其實不想碰他的，不過看來要讓哪吒三哥哥幫忙檢視赤霞的傷勢是不太可能。她搖了一下，對方沒有反應，再搖了兩下，總算看到對方抽搐了兩下。

芙蓉感覺碰過赤霞的手都是濕的，手上全都是血。她撥開赤霞的頭髮，果然如哪吒所說，赤霞沒有真的昏過去，那雙閃著銀光的黑眼睛在他的紅髮下緊緊的盯著她看，芙蓉無言的把那一綹頭髮放開，遮住赤霞的視線。

「妳在做什麼？」

「不讓你死。」芙蓉說完，又覺得自己這樣說不對，連忙更正：「不，是為了活捉你。」

赤霞掙扎著從地上坐起身，一頭紅髮凌亂的披散著，胸前的五道爪傷血流如注。他一臉蒼白，眼神審視般的看著芙蓉，似乎為她的出現而意外，同時又為她的出現而苦惱，但卻少了過去看到她時那副變態般的壞笑表情。

本著救人救到底的美德，芙蓉從百寶袋中摸出一瓶傷藥遞到赤霞面前；赤霞看著眼前的藥瓶，卻沒有伸手去接。

「你不是要我幫你擦藥、還要餵你吧？那是沒可能的！」

芙蓉硬把東西放到赤霞面前，要收回手時，赤霞卻突然伸手拉住了她。

「妳到底想做什麼？」

這一刻面對赤霞這麼近距離的接觸，他那目中無人的狂傲態度已不復在，他認真的眼神竟然沒有讓她生出摔開他手的衝動，雖然她還是不喜歡赤霞碰觸自己，但總算自己的表現較之前冷靜。芙蓉驚訝的發現原來赤霞就像個剝下了面具的戲子一樣，少了覆在臉上的面具，就扮演不了那個變態角色了。

「那你為什麼這麼想死？」

「和妳無關吧？」

「不！你欠我的！」

「什麼？」

不只赤霞這個當事人呆住了，連在旁邊看著的哪吒也一臉啞然的看向芙蓉，心裡納悶著這丫頭怎麼又語不驚人死不休?是她不擔心仙人會有心臟病，所以想到什麼就說什麼來考驗他們的身體健康嗎?

「妳說說看，我欠了妳什麼?」赤霞愕然過後玩興來了，順勢把芙蓉拉近自己、想把臉湊上去，卻沒想到芙蓉今次竟然有所準備，一張紙啪的一聲拍了在赤霞的臉上。

趁著這空檔，芙蓉飛快拿出另一張白紙寫了好幾個大字。赤霞花了點時間撕下臉上那張沾染了自己血液的紙，突然芙蓉抓住他的手往紙上一蓋，畫押完成，一道符令在紙上閃過，看得在場所有人、連同正打得熱血沸騰的三人也不禁看了過來。

「妳做了什麼!」情急之下赤霞也顧不得面上還黏著紙張的殘骸，他只想知道芙蓉拿他的血手印做了什麼。

「從現在起，你要去死之前要得到我的同意!現在給我乖乖去帝君那裡報到!敖瀟你還愣什麼!把妖王抓起來就結案了!」芙蓉搖了搖手上已經完成的賣身契，這種東西和她那些向仙人朋友求救的短箋一樣經常都備著——其實那是用來抓靈獸時用的契約書，雖然她還沒成功捕獲過一隻靈獸……今天終於使用到了!

一看那張可笑的靈獸契約書，赤霞簡直要吐出血來，他現在考慮的不再是怎樣和妖王玩下去，

而是該想想現在咬舌的話能不能死得去！他一心求死不能如願已經很灰心了，被仙界收服也算了，為什麼是靈獸的契約？為什麼這種破東西能困得住他？

「這是天尊送我的，他們說用這個去抓火鳳凰成功率很高，不過我還沒遇上呢！」

「所以就用來抓我嗎？」

「雖然你窮凶極惡，完全算不上是個好人，但有勇氣這樣玩死自己，不如面對一下自己做過的事？世上也不是只有你遇過慘事啊！」

「妳在自說自話，什麼慘事……」赤霞臉色突變，一臉陰沉的瞪著芙蓉。

他們兩人一個是天地靈氣所生，一個是陰暗無光的影子化形，像一明一暗表裡般的存在。對赤霞的人生而言，芙蓉本來就應該是個妒嫉和憎恨的存在，他之前只是作弄調戲一下她，已經是他手下留情，現在她竟然把他當靈獸抓捕了！而且還是用天尊這種高層次人物準備的符令！

「說什麼都沒用了，這個連我也沒辦法解開的。」芙蓉攤攤手，一臉的無奈，其實她現在看到赤霞氣得要七竅生煙似的覺得愉快極了！她還沒空細想現在的情況到底是怎麼一回事，她只知道自己終於讓赤霞栽了一次！

「妳……」赤霞一陣氣結，但他很清楚芙蓉也沒說假話，憑他們想要破解天尊的符令，恐怕多修煉一千年也不一定辦得到。結果怒火攻心之下，赤霞吐了好幾口血。

「好了芙蓉，妳的事辦好就退開，敖瀟那邊似乎不太撐得住。」

「怎麼可能？」芙蓉驚愕的看向激戰中的一方，敖瀟和浮碧二對一竟然只能和妖王打個平手。

「那好歹也是妖王，這麼容易就被他們打敗還算什麼妖道之首呢？」似乎受了很大打擊的赤霞提起妖王時，眼神終於來了精神，他落得變成靈獸的下場，妖王絕不能比他好！

「那你呢？下任的妖王人選。」

「妳這是在諷刺我嗎？都被當成靈獸捕獲了，還和妖王之位有緣嗎？」赤霞自嘲般的噴了幾聲，他本來就對那個位置一點興趣都沒有，也沒打算帶領一群根本不聽話的傢伙去到處生事，只是沒能如願壯烈的死掉讓他十分失落。

他倒是不怕可能會面對的刑罰，說是受刑也好，贖罪也行，那都是同一個目的，但這些都完結之後呢？他又要找個什麼目標活下去？

「你死心吧！你現在要做的是好好的贖罪。」

赤霞撇了一下嘴角，對芙蓉的話不予置評的轉開了頭，皺著眉頭視線一直看著地面。在自己製造出來的黑暗之中，赤霞是不會有視野的問題，即使別人覺得伸手不見五指，但對他而言這裡仍是像白天一樣亮。他現在就看到地面上有不自然的微拱突起，似是有什麼東西藏在底下。

「你叫我做什麼？都說我沒辦法，認命吧！」芙蓉隨口應了一句，她看敖瀟和浮碧的戰鬥看得入迷，現在赤霞說些什麼她都不會在意了。

「芙蓉。」

哪吒也是一樣，他的工作是保護芙蓉，現在赤霞成了被芙蓉收服的靈獸，身上有著天尊的符令壓制，他不擔心赤霞敢反撲，所以他連看都沒有看赤霞一眼。

赤霞沒有救人一命勝造七級浮屠的喜好，冷眼旁觀的態度更是司空見慣，現在他是可以裝作什麼都沒發現、等著看戲就好，但一想到芙蓉那生動的表情……雖說她每次看見他都是一臉嫌惡的神色，但赤霞不否認自己從得知京城事件的來龍去脈開始，便一直相當在意這個女仙，知道她來了曲漩後對她更是「日思夜想」，要是現在什麼也不做，以後他就會失去一個戲弄的對象了。

「嘖。真是麻煩。」

赤霞一手撐著地面準備站起身，同時地面拱起的地方有什麼東西衝了出來，赤霞頓時一個飛撲把芙蓉抱個滿懷滾到一邊！此時哪吒手上的火尖槍已經刺中從地面破土而出的東西，一道鮮血從被刺破的傷口噴出，但哪吒並沒有就此收手，敢在他眼皮子底下動手就必須要付出相應的代價。

一道高熱的三昧真火從哪吒的手上湧出，順著火尖槍延燒到從地上探出的物體上，未幾，一道淒厲的慘叫從妖王那邊傳出，妖王整個人沐浴在三昧真火的高熱之下痛苦萬分，正與他打得難分難解的敖瀟和浮碧連忙在雙方之間豎起一道堅冰抵禦。

妖王在抵抗三昧真火的高熱和敖瀟二人的攻擊下漸漸落入下風，在快要被打敗時，他怨毒的視線集中在赤霞還有被他抱在懷裡的芙蓉身上。他的落敗全都該歸咎於赤霞這個叛徒！

「我呢……最愛看的就是別人憎恨我的眼神了。妖王大人你現在的神情棒極了！」

「變態！你要讚嘆也先放開我！我雞皮疙瘩都要掉落地了！」被抱著滾到旁邊去的芙蓉雖然是逃過了被妖王偷襲的一劫，但同時又陷入另一個更大的危機中。

她整個人被赤霞壓著，大石壓死蟹的情況完全體現在她身上，她唯一慶幸的是自己不是面對面被抱住的，但被赤霞如此親密的貼在背上太難受了！

「說什麼話呢！芙蓉妳又香又軟的，再說我現在不是妳捕回來的『靈獸』嗎？做點禽獸般的事也無妨吧？」赤霞故意貼著芙蓉的耳邊呵呵笑著，看到她連耳根都紅了才滿意的鬆開手，不然下一秒就輪到他身上被火尖槍開洞了。

重新站起身，赤霞彈了一聲響指，暗影的空間被解開，四周重新沐浴在燈火之下，原本充滿異國情調的大廳只剩下一小角完好無缺。而東王公和塗山一坐一站的待在原位，看著從暗影中解放出來的眾人。

「東君，幸不辱命。」

「各位辛苦了。」

東王公微笑著看向已經被敖瀟和浮碧聯手綑綁起來的妖王，而看向赤霞的眼神就複雜多了。同樣是仙界要抓捕的對象，但赤霞現在還能走能跳，也沒有被綑上重重的綑仙索，態度更是如常般輕佻張狂。難怪哪吒和敖瀟他們都一臉複雜的看著地面，對於赤霞變成芙蓉的靈獸一事，完全出乎眾人的預料吧？

塗山不禁偷偷的瞄向東王公，想要看看面對這種情況他不動如山的臉會不會出現裂痕？雖然芙蓉這丫頭是情急之下才用了這種蠢方法，但怎麼說也是在東王公的眼皮底下收了個「男寵」，東王公心裡不可能會高興吧？

「芙蓉，要是玉皇知道妳收了這樣的一隻寵物，該怎麼辦？」

東王公以平常淡然的語氣說著，一雙紫藍色眼睛竟然還笑得彎彎的，害芙蓉下意識先是退了一大步，腦袋一片空白，連解釋的話也想不出來。她實在沒有急才，能舌粲蓮花般把東王公口中的寵物一詞好好的解釋。

這……該不會是東王公生氣了吧?怎麼辦?

芙蓉急得團團轉，大冷天的她額邊都開始冒冷汗了，要怎麼辦才好?

「原來『物似主人形』這句話是真的呢!」赤霞突然笑得很誇張，笑得連眼角都冒出淚水。好不容易止住了笑，他走到芙蓉面前，把一封信還給她。

「你……你偷看我的信!卑鄙下流!」那封信，芙蓉一眼就認出是放在百寶袋中的信，為什麼會跑到赤霞手中?難道是她之前拿藥出來的時候掉的?

「我是妖道妳又不是不知道，要改也不是一下子改得成。不過不要緊，我到地府服刑贖罪，芙蓉妳也能不時來探我的。」赤霞很刻意的做出既期待又感動的表情。

以他的臉皮，原本做什麼表情都不會讓人反感才是，但赤霞幸災樂禍的心思實在讓芙蓉氣不過去，她現在最不想別人提的就是這件事，她還未找到時間請東王公幫她說情的呀!

「哪吒，你和敖瀟先把該帶走的人帶走吧。」

東王公一聲令下，赤霞和妖王就被人帶走了，臨行時赤霞還高呼會在地府等著芙蓉。

芙蓉表情複雜的看向已經遠去的赤霞，他剛才絕對是在詛咒自己！什麼在地府相會？地府是什麼地方！是審訊亡者和各大地獄的所在地呀！更是她最怕的東嶽帝君的地盤！在那邊她還來不及和任何人相會，就會先被帝君訓死了！

「難道是秦廣王轉交給妳的那封信？」塗山記得雷震子說過秦廣王曾來過，想必是在說那時候秦廣王轉交的信。芙蓉一直沒提過是什麼事，大家顧著曲漩的事都忘了要關心一下。

得到芙蓉點頭承認，塗山同情的看著芙蓉，即使芙蓉努力的朝他發放求助的眼神也沒用，他又不像旁邊的東王公那樣有權有勢，能讓帝君聽他的。

「原來帝君已經搶先安排了。」對比其他人好奇著帝君的信中寫了什麼內容，東王公卻是一副了然的態度，還很滿意似的彎起了嘴角。

但正是這種心中有底般的態度，讓芙蓉更加心驚膽顫了。怎麼感覺東王公已經把她賣給了東嶽帝君似的？

「東……東王公……什麼搶先安排好了？」

「本來這次的事情結束後，玉皇和我決定讓妳暫時回仙界，等待妖道之間為了新妖王之位的鬥爭過去後，才考慮讓妳再下凡。不過現在看來，玉皇和我已經不用擔心這個問題了。」

「不！東王公你要擔心呀！」芙蓉急得眼眶都發紅了，她抓著那封信閃身來到東王公的面前，表情焦急得像是那些身上有天大冤情的可憐姑娘，冒死衝出大街把王公的車駕攔下要告御狀似的，就只差沒有以會跪爆膝蓋的力度跪到地上去而已。

東王公接過芙蓉手上抓住的信，在她緊張又期待的神情下把信從頭到尾看了一遍。

「泰山是一個對學習很有益的地方，我實在想不出拒絕帝君的理由呢！」

「不要！東王公你要救救我呀！」

「老子來救妳！」

突然從外邊傳來威風凜凜的宣言，接著雷震子用華麗又狂野的姿態破窗而入，一雙大大的翅膀每搧一下就把殘留下來的紅紗吹起，同時帶起了一片塵埃。

「你現在才來？」塗山不禁白了雷震子一眼，早就打完了，連抓捕到的人犯都送走了，他來堂堂登場算什麼！

「什麼！都打完了？」雷震子呆呆的看著餘下的人，當看到東王公也在場時，他連忙飛落地面，要東王公抬頭看他這種大不敬的事他可不敢做。「那芙蓉妳喊什麼救命嘛？害老子大老遠的就趕著過來了。」

「沒什麼，芙蓉只是想找人搭救她，好讓她不用應帝君的『邀請』到泰山一趟。雷震子剛才你喊得那麼大聲，快來出個主意吧！」

「什麼!帝君!老子對他最沒辦法了!」雷震子做出比芙蓉更心慌的反應，不只嘴上說，連雙手都不住的猛搖以示他無能為力。

「沒義氣!」芙蓉嘟嘴指責雷震子。

「哎呀!芙蓉妳有所不知了，每次我見到帝君都沒好結果的……」

芙蓉開始和雷震子拌嘴，多說了幾句之後，一時新仇舊恨全搬了出來，芙蓉直接從雷震子害她生意失敗開始唸了。

「他們兩個……還有很多事情要善後吧?」

「沒關係。」東王公淡淡的回了塗山一句，這次後者很快就明白東王公的意思了。

只要芙蓉喜歡、只要芙蓉有精神，就什麼都沒關係了吧?也不知道東嶽帝君是不是曉得東王公開口讓芙蓉回仙界會令她不高興，所以自己包攬了這個壞人的角色?

「唉……」塗山無奈的嘆了口氣。「芙蓉這丫頭就是有本事讓所有人都圍著她團團轉。」

塗山看似在抱怨，但嘴角的笑容卻早已出賣了他真正的心思。他自己也是團團轉的其中一人，看來以後也會有更多的人自發性或不知不覺加入團團轉的行列吧？

「好了！都回去了！難道你們兩個想讓東王公站著等你們吵架嗎？」

「哦！」兩人瞬間異口同聲的回應。

隨著東王公把他在曲漩城四周設下的法術撤掉，一切回復正常，事情也正式的落幕了。不過對某人而言，一起事件的結束只是下一起事件的開始。

「東王公，我說你就幫人家跟帝君說說嘛……」

「不然這樣……我就只到泰山待一天？」

「人家不想下地獄呀！」

《芙蓉仙傳之甜心女仙我最優！》完

番外　玉皇的慈父計畫

「有事啟奏，無事退朝。」

天宮大殿上，魚貫而入的眾仙家才剛站定，玉皇便搶先開口直接讓他們退朝。有些長期睡眠不足的仙人翻了一個白眼，早知道就蹺掉早朝！

打發掉上朝的仙人們，玉皇笑得比知道已經抓住妖王那時更高興，要不是身分擺在那兒，他可能想一步一小跳來表達自己的高興。

昨天晚上讓玉皇提心吊膽的小女仙終於回到仙界，現在人就待在天宮，所以玉皇今天的心情非常好。他早就吩咐了讓芙蓉回來後到他的書房當差，權充對她偷跑去曲漩的懲罰，這樣他既可以多見芙蓉幾面，又可以實行他的父慈女孝計畫。

但當玉皇滿心歡喜打算先抓芙蓉一起吃早膳時，當差的女仙臉色帶著幾分惶恐的迎了上來。玉皇不是傻子，自然猜出現在是什麼狀況了——早膳的事他已經吩咐過，現在很明顯芙蓉沒來御書房報到。

想到她有可能在的地方，玉皇不禁有些妒嫉了。

早知道他就先把東王公趕回蓬萊去！

雖然生著悶氣，但玉皇還是趕到借給東王公使用的宮殿，一進內殿果然找到他要找的人。東王公正看著桌上的卷宗，而芙蓉則黏在房間中央的大鏡子前向一旁的東王公撒嬌，玉皇看到這畫面不由得懵了。

「玉皇陛下！」芙蓉看到玉皇後，歡快的來到他的面前一禮，一雙眼睛閃閃發光的瞅著他，讓玉皇心花怒放。

「陛下，芙蓉她在期待您能答應借她用映世鏡。」原本注視著卷宗的東王公平淡無波的臉上閃過一絲笑意。他知道芙蓉一回來，玉皇就會陷入慈父溺愛模式，要是不提醒一下，芙蓉說什麼玉皇會毫不猶豫的答應。

果然，玉皇第一時間愣了一下，還沒來得及回答，芙蓉嘴角一彎便開始向東王公抱怨起來。玉皇看著東王公和芙蓉一個靜、一個吵的互動模式，不由得失笑，乾脆自己找了個角落坐下，喚人傳早膳。

「芙蓉要用映世鏡來做什麼？」玉皇好奇芙蓉怎麼突然對這件寶貝感興趣了。

「看看潼兒他們現在過得好不好嘛！」

「既然東王公同意讓仙童留在凡間，自然不會出什麼問題，芙蓉何須擔心？」

芙蓉輕輕咬著嘴脣欲言又止的看向東王公，盼望他會幫自己說話，可是他的目光卻半刻不離面前的卷宗，難得看向她時也只是淡淡一笑，沒有要幫忙說項的意思。

芙蓉只能在心裡焦急。這次她回來仙界一事安排得十分匆忙，從曲漩回京城待了沒幾天，把事情交代過就得走；聽到潼兒決定要留在凡間一段時間，她真的很失落，但看著潼兒堅決的樣子，芙蓉只好告訴自己潼兒長大了，他學著自己做決定是好事。

那天京城下起春雨，在王府正苑中芙蓉看著李崇禮等人為自己送行，她只懂咬著唇、忍著眼淚，連一聲再見都沒說得完整，現在回想起來她就很後悔當時沒好好的說再見，雖然不一定無法再見面，但總是怕會有遺憾，所以一看到玉皇的寶貝映世鏡，她就打主意了。

芙蓉沒有說出原因，只是鼓著臉頰看著玉皇又看看鏡子，像是在找說服玉皇的理由。

這期間玉皇命令的早膳已經送上，各式甜糕放滿了一桌，明顯是為芙蓉準備的。玉皇第一時間幫芙蓉夾了幾個甜糕，面對精緻又可口的點心芙蓉自然心花怒放，這一刻她把映世鏡忘了，更忘了同桌的是玉皇和東王公，一口一個甜點把女仙該有的儀態全拋到九霄雲外去了。

「芙蓉，這個妳最愛吃了，快點吃完跟朕回御書房。」

「欸？玉皇您是認真的呀？」連忙把嘴裡的甜糕吞下，芙蓉瞪大眼睛看著身邊樂呵呵夾甜糕給她吃的玉皇。

「當然是認真的。難道芙蓉在凡間出入皇宮那麼多次，也沒聽過君無戲言嗎？」

芙蓉放下筷子，她不擔心玉皇會為難她，現在她還想向玉皇借映世鏡，到御書房哄得玉皇高興說不定會增加成功的機率！

考慮到這一點，芙蓉乖巧的點了點頭。

「咳……」

一聲輕咳打斷了玉皇的妄想和芙蓉的打算，從一開始就沒有動筷的東王公手上只拿著茶杯坐在旁邊眼觀鼻、鼻觀心，一如平常那般淡然的品茶，但很明顯剛才那聲輕咳是故意的。

「東王公，你喉嚨不適就多喝口茶吧！」玉皇有些戒備，不知為何他認為今天的東王公對他有敵意。

「聽說御書房奉的茶是天宮最好的，既然玉皇等一下會帶芙蓉過去，想必也不介意讓我沾點光吧？」

「玉皇不會吝嗇一杯半杯茶水的啦！」

芙蓉沒能看穿玉皇和東王公之間有些微妙的氣氛，她的話為玉皇爭取了一個大方慷慨的形象，天知道玉皇這一刻寧願自認小氣吝嗇，也不想跟東王公一起分享和芙蓉相處的時間。

明明等芙蓉回東華臺後他天天都可以見著芙蓉，現在卻故意來和他爭！

今天玉皇一聲無事退朝讓不少天官藉機偷閒，平時忙得像是戰場的各個殿閣，今天顯得格外清靜，留下來處理案頭工作的天官們更難得的有說有笑。

芙蓉豎著耳朵聽著他們交談的內容，聽來聽去都是妖王事件的相關新聞，這些她早就知道了。沒有有趣的八卦，芙蓉只好專心的當差。

由玉皇金口玉言下令，芙蓉回去東華臺生活之前都會掛名在玉皇身邊當差。而原本在玉皇身邊當差的女仙和仙童都非常歡迎芙蓉的臨時加入，因為有芙蓉在，玉皇的心情會變得非常好，主子心情好，當差的才有好日子過，所以早在收到消息時，他們已經替芙蓉準備好一切。

頂著一身天宮女仙標準的桃色裙裝，芙蓉手上的托盤放著剛到庫房拿來的薰香，準備到御書房替玉皇點上。

來到門外通報了一聲，芙蓉聽到書房內原有的交談聲驀地停止，開門後看到玉皇氣急敗壞的瞪著眼前的棋盤，芙蓉瞥了一眼，發現玉皇的黑子已經被吃得七零八落，認輸只是遲早的事；再看看手執白子的東王公嘴角那抹笑容，芙蓉猜他一定沒有手下留情，每下一子都讓玉皇無法招架。

「芙蓉妳來了？」

「是的。玉皇您說的薰香拿來了，現在要點上嗎？」芙蓉輕輕一禮後把托盤上的東西上呈。

玉皇看了一眼後隨便說了聲好，接著迫不及待的想要找別的事情給芙蓉做。

在去拿薰香前，芙蓉已經幫玉皇磨了墨。在書房侍奉左右少不了幫忙擺弄文房四寶，芙蓉也覺得這是合理的要求，反正玉皇都不怕拿他那些名貴的墨錠給她弄，她又有什麼好怕的。

但在她點好香、打算學其他女仙站到一邊去時，玉皇像是隨口吩咐了她一件事。他一說完，和玉皇對坐的東王公微微瞪大了眼睛，芙蓉也像看神經病般看著玉皇，有些懷疑自己有沒有聽錯。

「玉皇您剛才說什麼芙蓉沒有聽清楚。」芙蓉重新展露一個可人的笑容，乾脆當自己聽錯了再問一次，不過玉皇似乎是打定了主意，見芙蓉再問他就再說了。

「朕要吃葡萄，去皮的。」想吃芙蓉準備的食物又想避開她的手藝，只能讓她料理水果，玉皇想了很久才想出剝葡萄這招，總不能讓芙蓉剝香蕉這麼簡單。

芙蓉則是從沒想過竟然會有人想讓她剝葡萄皮，難道玉皇和東王公下棋打賭輸了打擊太大？還是他打算當昏君，先體驗一下家家酒版的酒池肉林？

「我明白了。現在芙蓉就為玉皇準備您要的東西。」為了借用映世鏡，雖然玉皇的要求有些怪，芙蓉仍是應了。

這一刻，芙蓉才發現原來書房靠牆那邊的長桌子早就放了很多不同種類的怪東西，其中就有一盆葡萄，看來那些怪東西都是準備給她玩的了。想到玉皇的玩心，芙蓉抽了抽嘴角，臉上的笑容有些掛不住了。

她看到那裡連繡線什麼都有，玉皇吃完葡萄後不是想讓她繡花吧？這一門手藝她完全不行的呀！

看著芙蓉飛快的抱了葡萄轉到書房旁的偏室後，玉皇有些尷尬的迴避著東王公的視線，他本以為東王公會幫芙蓉說話，但他卻猜錯了。只見東王公收回視線後拿起茶杯，若有若無的稱讚了御書房的茶水很好。

玉皇聽完雞皮疙瘩都要冒出來了，誰不知道東王公的泡茶手藝才是最好的！

芙蓉所在的偏室傳出一些可怕的聲音，隱約還有淒厲的慘叫聲。不久之後，芙蓉從偏室出來，神色有些怪異，她看了看自己端著的托盤上覆上蓋子的小鍋子，又看了看玉皇，最後她仍是把東西放到玉皇面前，不過她沒打開蓋子。她臉上濺上了一些豔紅色的葡萄汁，乍看之下讓人誤會芙蓉剛剛路過凶案現場，身上濺到受害者的血了。

芙蓉放下鍋子後推說要去幫其他仙童送東西，匆匆的離開了御書房，似乎不想看到之後會發生什麼事。而應該在旁服侍的女仙和仙童早就不知道跑到哪裡迴避，剛才偏室的異狀他們都看到了，所以實在沒膽子在一旁欣賞玉皇打開那蓋子後的反應。

女仙和仙童這樣的反應反常，玉皇內心十分掙扎的看著眼前的鍋子，似乎也不敢打開來看了。

「玉皇怎麼不看看您要求的去皮葡萄？」

「東王公你感覺好像在等看好戲似的？」

「玉皇怎麼這樣說？葡萄是您準備的，既然用的是仙界有名的寶血葡萄，應該早預想到鍋子裡是什麼樣子了。」東王公嘴角的笑意深了幾分，他敢說玉皇吩咐要葡萄，但玉皇肯定沒有親自看過準備了什麼葡萄。竟然讓芙蓉剝那種汁液如鮮血般豔紅的東西，不用想，那寶血葡萄剝了皮的樣子一定活像血淋淋一般。

「什麼！」玉皇一聲驚叫，但芙蓉已經走遠叫不回來了。

把玉皇撇下的芙蓉認為自己的弱小心靈受到了傷害，所以決定開小差。她在天宮四處走動，一時跑去某個熟人那裡聊天，一時又到別的仙人處討寶貝，忙得不可開交；但是再忙，芙蓉也記得要到太白金星那裡露面，她有很多人參寶寶都給了太白金星抵債，說不定現在過去還能看到那些小寶貝呢。

太白金星應該會留下幾株養著，要是能在一些活蹦亂跳又精神奕奕的人參身上拔幾根參鬚下來就好了，那是絕佳的素材。

太白金星的殿閣與天宮的主建築有些距離，主要是為了減少在煉製丹藥時遇上的風險。像是太白金星這樣的煉丹老手，一煉就是非常可怕的東西，防護措施是必須要做好的。

遠遠的就能聞到殿閣傳來令人神往的藥香，芙蓉來到殿閣正門，向守門的仙童打了聲招呼後便自來熟的進去找人，一時看看太白金星那些弟子們的丹爐，一時又看看四處擺放的藥材，雖然放在外邊的都是些一般貨色，但對很久沒正式煉丹的芙蓉來說，這些東西都具有一定的誘惑。眼巴巴看了好久她才狠下心的轉開視線，連忙加快腳步跑到內殿去。

「太白爺爺！芙蓉來了喔！」

芙蓉一踏進太白金星長駐的內殿立即歡快的喊了一聲，未幾一個滿頭白髮的老爺子呵呵笑著從一個巨大的丹鼎後方冒出頭來，他眉開眼笑的朝芙蓉招手。往前走了幾步，突然看到另一個同樣被巨鼎遮住的人時，芙蓉愣住了。

「為什麼你會在這裡？」芙蓉一看到坐在客座上的敖瀟，立即變得像炸毛的貓咪，完全忘記了看到水晶宮六殿下時該有的禮節，手一伸就是指著敖瀟的鼻子叫了起來。

她沒想到剛回仙界不久就遇上敖瀟這傢伙，不是說他不停的來往水晶宮和凡間找那些四散的妖道出氣嗎？怎樣現在會被她遇上？

「為什麼為兄不可以在這裡？」敖瀟的心情似乎不太好，繃得緊緊的臉再陰沉了幾分，嚇得芙蓉連忙縮到太白金星身後。

「你應該回水晶宮去數仙石不是嗎？為什麼會在太白爺爺這裡？」芙蓉無視自己把老人當作擋箭牌的行為有多不妥當，她現在只想快快解決敖瀟在場的問題，要是敖瀟現在找各式各樣的藉口向她討回什麼精神賠償就糟了。

「六殿下，現在芙蓉來了不是正好嗎？你若是需要人參，不如請芙蓉幫你養幾株？」

「什麼人參？」看到敖瀟又聽到人參，芙蓉立即想起她那株差點被徒手榨成汁的人參寶寶，難道犧牲一株還不夠？敖瀟來找太白金星就是在打人參的主意？

「代價隨妳開，我要十株人參。」

芙蓉差一點就要脾氣衝口而出說不要，但想到現在自己的債務由東王公負責，他一天不追債，她賺到的仙石都可以放進自己的口袋，加上幫了敖瀟，這次就能讓他欠自己一個人情，這樣她不是賺了嗎？

她的眼睛一轉，敖瀟就知道她在想什麼了，雖然被氣得牙癢癢，但既然無法在太白金星手上拿到自己想要的東西，這個人情不賣給芙蓉也不行了。

最重要的是，一定要她答應。

「答應你也行，但敖瀟你要這麼多人參做什麼？」

「……」

「不說的話沒人參。」

「給浮碧用的。」把答案說出來時，敖瀟不快的情緒已經升到最高點，似乎要他當著太白金星的面說出來是很丟臉的一件事，說完也不等芙蓉回應便拂袖而去。

「他火氣很大，太白爺爺您給他喝的茶是加了料的嗎？」芙蓉愕然的看著敖瀟離去的背影，她只是多問一句而已，敖瀟有必要發這麼大的脾氣嗎？

「哪有！敖家的小子們每一個都是脾氣火爆又口不對心的，明明就是著緊下屬的身體才來求藥，偏偏嘴巴卻說得毫不相干的，老爺子我看著都覺得彆扭極了。」

那句脾氣火爆很對芙蓉的胃口，但口不對心這部分芙蓉卻有些猶豫，太白金星說這四個字的時候表情太可疑了，就像在暗示當中有什麼不可告人的祕密似的。

「這些芙蓉丫頭就不用明白了！來來來，這次來找爺爺是又種出什麼好東西了嗎？」

芙蓉看著太白金星有些強扭的岔開話題，這樣是此地無銀三百兩的反應，不過追問下去被敖瀟知道的話，可能他會決定不自稱是她兄長，直接把她滅口了。

「沒有啦！想起在太白爺爺這裡的人參，想借幾根參鬚一用！」芙蓉拉著太白金星的衣袖撒起嬌來，再捨不得的老人家也很快就心軟了。

成功取得需要的東西，芙蓉又在太白金星那裡玩靈藥、吃點心的消磨了好一陣子。不過經此一遊，芙蓉百寶袋內的寶貝數量補充了不少。

現在玉皇和東王公應該還在御書房下棋，芙蓉心思一轉，既然東王公不在客殿，那她是不是可以試用一下那面映世鏡？

雖然俗語說不問自取是為賊也，但她又沒打算整座鏡子搬走，只不過是用來看看而已嘛！

嗯！決定了！芙蓉下定決心後，腳步飛快的回到映世鏡所在的宮殿，幸好這裡出入的女仙和仙童屈指可數，芙蓉不用花多少工夫就來到映世鏡的前面。

這面鏡子要怎樣用她的確沒學過，不過憑她的靈氣天賦很快就搞定了。發動了映世鏡，芙蓉又花了些時間才找準了要投映的地方。

鏡面上是她熟悉的王府正苑，畫面雖然有些模糊，但芙蓉認出拿著托盤在長廊走過的是潼兒，終於擺脫小丫頭打扮，看來讓他十分高興，連走路都笑得能見到小白牙。一定是終於從歐陽子穆口中得到一聲原諒了吧？其實男扮女裝而已也沒騙他什麼，潼兒就是太認真。

對了！塗山明明把歲泫帶過來了，怎麼都沒看到人呢？

芙蓉想著有些不放心，連忙把鏡子的畫面調整到王府的另外一角，李崇禮的書房沒有人，寢室的門也是關上的，難道是在塗山的房間嗎？正想把畫面轉過去，芙蓉發現鏡面的角落，那個原本屬於她的花圃正有個人奮力的挖掘著，仔細一看，做這粗活的正是她在找的其中一人——歲泫。

正納悶著他在做什麼，突然從另一邊出現的塗山給了她答案。他們倆把她埋下後完全忘了的聚靈陣挖出來了！他們挖來做什麼呀？不會是她想的那樣，塗山打算把李崇禮培養成史上第一個兼具王爺身分的靈媒吧？或許還要加上一個歲泫，又或許再多一個歐陽子穆……

現在流行修仙嗎？她是不是應該寫封信好好的勸導一下修仙其實不太好玩？但她心裡又有小小的期待，要是他們都成功了，那這幾個她在凡間很重要的朋友就不用生老病死了。

正糾結著要不要寫信，若是寫的話要怎樣開頭才好，總不能坦白自己偷窺他們吧？芙蓉還沒想好開場白，宮殿的門被小心翼翼的打開，一名小仙童怯生生的探頭進來，在看到芙蓉後他鬆了好大的一口氣。

「芙蓉姑娘？太好了！終於找到妳了！玉皇陛下找妳找得很急呢！」

聽了仙童的話，芙蓉腦海中第一個念頭是——自己偷用映世鏡的事果然沒瞞得住玉皇和東王公！

芙蓉跟著來找人的仙童一起回到御書房，只見書房的主人在自己的位子上眉頭深鎖，她有些無奈的走上前替玉皇換了杯茶，但目光卻悄悄的偷看書房內有沒有東王公會再來的痕跡，可惜棋盤和客用的茶杯都已經收了起來，看來東王公應該是去忙了。

回來沒有看到東王公，芙蓉有些失落，心裡很自然的想著等會兒再去客殿那邊找他，絲毫沒有留意到以前她在東華臺住時根本不會因為看不見東王公而感到失落。

她的心情反映在那微微翹起的嘴脣上，玉皇這麼眼尖又怎會看不到？只不過他知道了也得裝傻，難道要他主動把芙蓉的心事說穿出來嗎？說穿了，那他這個慈父角色還能當下去嗎？

只能裝傻下去了！玉皇暗自咬了咬牙，他絕對不會說芙蓉心思向著別人是女大不中留的，那絕對是東王公不好，是東王公在拐帶他的芙蓉呀！

正一正臉色，玉皇繼續實行他的慈父計畫。別人說做爹的都難以明白女兒家的心思，這他也認了，寶血葡萄是個意外，不過芙蓉平時擺弄不同的靈藥都習慣了，血色葡萄汁不算什麼。但為了不重蹈覆轍，玉皇決定先從芙蓉身邊的害群之馬入手。

而且時間已經不容許他再拖了。

玉皇臉色有些不好的瞄了眼放在一旁的信盒，這東西他在一個時辰前收到，對他來說這簡直是晴天霹靂。

「芙蓉過來看看朕給妳挑的靈獸。」玉皇讓芙蓉到他身邊一起看桌上攤開的不同卷宗。

芙蓉不解的看著那一卷卷珍稀靈獸的契約卷，她從沒有提過要養寵物，而且玉皇提供的這些傢伙每一個都是身嬌肉貴的稀有品種，她一個小女仙養不起呀！

「為什麼要讓我挑靈獸？」

接收到芙蓉疑惑的眼神，玉皇不禁自我滿足的點了點頭，語重心長的說：「朕仔細想過，所謂近朱者赤、近墨者黑，朕不希望妳受影響，所以給妳找新的靈獸，扣在帝君那裡的那一隻妳就不要留了。」

「什麼扣在帝君那裡的那一隻？」聽到帝君的名字，芙蓉先打了個冷顫。回到仙界後她最不想的就是聽到帝君的名字，這會讓她想起自己手上還有帝君的那封信，要是帝君終於有空想起她，召她去訓話怎麼辦！

「赤霞。」

「那完全不能歸類為靈獸吧！」這個名字同樣是芙蓉不想提起的，這個變態帶來的都不是什麼愉快的經驗。

「但是芙蓉卻收了他做寵物。」

「誰說我把那傢伙當成寵物了！這是汙衊！」芙蓉震驚又不可置信的看著玉皇，她是逼於無奈才用了那個方法收服赤霞，為什麼話到了玉皇這裡就變了調？傳了出去她還可以見人嗎？

「不是嗎？」

「怎麼可能！那可是個變態來的！」

「那更不行了，絕對不可以把變態之流的害蟲放在妳身邊！」

「他已經被帝君抓了，不用擔心吧？」芙蓉有些無言的看著玉皇明顯過分憂慮的反應，那個作惡多端的赤霞被抓到地府去了，芙蓉不相信他還有本事能在帝君的眼皮底下越獄！就算泰山的牢房關不住他，難道地府那麼多不同種類的地獄也困不住他嗎？

對於這一點，芙蓉一點擔心也沒有，隨便把赤霞幹過的壞事審一審，他不被處死也不可能重見天日。既然如此，他對自己又怎可能會有任何影響！

「芙蓉妳不用瞞朕了，帝君寫信給妳了不是嗎？地府那邊朕作不了主，帝君還在處理這起事件，說不定妳有機會再遇上他呀！」

芙蓉越聽越覺得事情有點不對勁，怎麼玉皇說得好像她不去地府不行似的？在她到處溜達時發生過什麼事了？

芙蓉不作聲，只是皺著眉頭疑惑的看著玉皇，後者立即明瞭的指了指放在案桌一邊的信盒。芙蓉認得那是天宮用來放正式書信的盒子，現在她看著信盒不由得從腳底開始生出冷意，那個盒子在她眼裡簡直就像是從地府爬出來的惡鬼似的。

偏偏老天爺就是愛開這樣的玩笑，那的確是東嶽帝君親筆寫給玉皇的書信，內容正和他之前寫給芙蓉的警告信一樣，帝君在百忙之中仍抽空為芙蓉的將來設想，決心要抓她下地獄去了。

一聲「不」卡在喉頭，因為芙蓉看到玉皇早她一步遺憾的搖了搖頭。

對於帝君的要求和安排，玉皇想找藉口推卻也無從入手，芙蓉的確有把柄被帝君抓住，誰叫她真的去過花街更上過花樓，帝君早就寫信責備過她說要秋後算帳的。

但現在距離秋天仍遠呀！

芙蓉整個人就像靈魂出竅般愣在一旁，她陷入拒絕接受現實的狀態。而玉皇也不比她好過，本想趁這時間能和芙蓉丫頭多相處一下，誰知道東嶽帝君這麼不上道，難道不可以等芙蓉回東華臺之後再抓人下去嗎？

為什麼！

這一句無聲的吶喊在芙蓉和玉皇心中無限次的迴盪著，沉痛的心情讓他們都忽略了今天天宮曾經有一隻圓滾滾的雪色仙鳥往泰山方向飛去又飛回來。

「這次真的辛苦帝君了。」

東王公伸手摸了摸仙鳥毛茸茸的肚子，接著拿出藏在牠羽毛下的金環，把對方的回信拿了出來。信件很短，幾眼就看完了，把信件收好後東王公從自己所在的宮殿看向御書房的方向，嘴角拉起一道明顯的笑意。

與其看著芙蓉被玉皇耍著玩，不如讓她到地府和泰山那邊見識一下更好，待上一陣子帝君點頭放人後，他會直接把她接回東華臺，這次他不會讓玉皇又來什麼當差的玩意了。

雪色仙鳥看著主人的嘴角難得勾起一個與平時完全不同的弧度，不禁好奇的歪了歪頭，然而聰明的牠很快就裝作沒看到，啾啾叫了幾聲後就飛回去牠的老巢休息了。

日夜交替的時間，仙界的黃昏難得同時帶著銀河和彩霞，這景色芙蓉回來後還沒看過幾次，就得到帝君那裡去了。

聽說地府的天空就是黑漆漆一片，什麼都沒有的。

她恐怕不會太喜歡吧？

番外《玉皇的慈父計畫》完

後記

謝謝大家現在正拿著《芙蓉仙傳》第二部的最後一集，也翻到了後記這一頁。（大家不會是未看正文先偷翻的吧？XD）

從第一部出版到第二部完結這大約兩年的時間，藉由《芙蓉仙傳》一書出版某竹認識了很多新的讀友，無論是到訪部落格、臉書專頁的，還是來噗浪上玩的讀友們，某竹都很高興認識你們，希望惹禍精芙蓉也在這一年間帶給了大家愉快的時光。

也謝謝大家在這些平臺上告訴某竹你們對《芙蓉仙傳》一書的喜歡、對角色們的好感，也謝謝給某竹畫圖的各位讀友們！這些鼓勵對作者無疑是很強大的！

在這二部最後一集的後記上，想和大家分享一下創作《芙蓉仙傳》的背後祕聞。XD

如果是有接觸過某竹在部落格或是一些文學網上的連載小說，大家會發現某竹有寫過古風架空、奇幻架空、現代架空……但東方神仙還真的是第一次。某竹平日看書，東方仙俠神怪類一向不是書單上的首選，這一點同是作家的好友香草也笑問過我，她也想不到我會寫這類的故事。（其實我媽也很驚訝XD）正因為從沒對中國風神仙類的東西表現過興趣，身邊的人也就奇怪我會寫《芙蓉仙傳》這樣的故事了。

但不知為何，某竹心目中的惹禍精角色必須是個小女仙，而且是一個頭上梳包包頭的可愛女生。我努力的把芙蓉創造成我心目中的形象，會闖禍、會耍小性子，但又是明白事理的小女生，她不是最出色的女仙，但我希望她是個可愛的、不討人厭的角色。

雖然仍有很多不成熟的地方，但某竹還是很高興下筆寫了《芙蓉仙傳》出來，正是因為嘗試了才得到出版的機會。在寫作《芙蓉仙傳》的過程和出版的準備上所學會的一切，某竹都會銘記在心，辛苦編輯大人用心校對，沒有編輯大人我也不知道廣東話中很多正常出現在報章上的詞語原來是不通用的。

我和芙蓉一樣，還有很多需要學習長進的地方呢！謝謝大家對不成熟的我的支持，再一次感謝各位喜歡《芙蓉仙傳》的讀友們！謝謝大家！

竹某人二〇一四年五月

《芙蓉仙傳》全套六冊完結，全國各大書店、網路書店、租書店，持續熱賣中！

《01 芙蓉仙傳之打工女仙我最大！》《201 芙蓉仙傳之尋寶女仙我最行！》

《02 芙蓉仙傳之保鑣女仙我最威！》《202 芙蓉仙傳之元氣女仙我最嬌！》

《03 芙蓉仙傳之神探女仙我最讚！》《203 芙蓉仙傳之甜心女仙我最優！》

廢物少女饞食記
你聞起來好好吃♥
Novel✦陸山水 Illust✦MIKI
永遠吃不飽又狀況外的囧系少女
傲嬌彆扭霸道且負情商的大少爺
永遠想要推倒對方，卻總是被對方推倒！
當天然呆軟妹看上窮凶極惡的食物時……
本少爺即使是食物也是高貴的，不是任何人都可以吃得起的！
嗯嗯、那個～你……可以讓我吃一口嗎？
典藏閣
華文聯合出版平台 www.book4u.com.tw
采舍國際 www.silkbook.com
不思議工作室_ 立即搜尋
版權所有© Copyright 2014

飛小說系列102

芙蓉仙傳之甜心女仙我最優！

出版者■典藏閣
作　者■竹某人　　繪　者■Mo子
總編輯■歐綾纖
製作團隊■不思議工作室

郵撥帳號■50017206 采舍國際有限公司（郵撥購買，請另付一成郵資）
台灣出版中心■新北市中和區中山路2段366巷10號10樓
電　話■(02)2248-7896　　傳　真■(02)2248-7758
物流中心■新北市中和區中山路2段366巷10號3樓
電　話■(02)8245-8786　　傳　真■(02)8245-8718
ISBN■978-986-271-501-7
出版日期■2014年6月

全球華文國際市場總代理／采舍國際
地　址■新北市中和區中山路2段366巷10號3樓
電　話■(02)8245-8786　　傳　真■(02)8245-8718

新絲路網路書店
地　址■新北市中和區中山路2段366巷10號10樓
網　址■www.silkbook.com
電　話■(02)8245-9896
傳　真■(02)8245-8819

☞您在什麼地方購買本書？☜

1. 便利商店（＿＿＿＿市／縣）：☐7-11　☐全家　☐萊爾富　☐其他＿＿＿＿＿＿

2. 網路書店：☐新絲路　☐博客來　☐金石堂　☐其他＿＿＿＿＿＿

3. 書店（＿＿＿＿市／縣）：☐金石堂　☐誠品　☐安利美特animate　☐其他＿＿＿＿

姓名：＿＿＿＿＿地址：＿＿＿＿＿＿＿＿＿＿＿＿＿＿＿＿＿＿＿＿＿＿

聯絡電話：＿＿＿＿＿＿＿＿　電子郵箱：＿＿＿＿＿＿＿＿＿＿＿＿＿＿＿

您的性別：☐男　☐女　　您的生日：西元＿＿＿＿＿年＿＿＿＿＿月＿＿＿＿＿日

（請務必填妥基本資料，以利贈品寄送）

您的職業：☐上班族　☐學生　☐服務業　☐軍警公教　☐資訊業　☐娛樂相關產業

☐自由業　☐其他＿＿＿＿＿＿

您的學歷：☐高中（含高中以下）　☐專科、大學　☐研究所以上

☞購買前☜

您從何處得知本書：☐逛書店　☐網路廣告（網站：＿＿＿＿＿＿＿）　☐親友介紹

（可複選）　☐出版書訊　☐銷售人員推薦　☐其他＿＿＿＿＿＿＿＿＿＿

本書吸引您的原因：☐書名很好　☐封面精美　☐書腰文字　☐封底文字　☐欣賞作家

（可複選）　☐喜歡畫家　☐價格合理　☐題材有趣　☐廣告印象深刻

☐其他＿＿＿＿＿＿＿＿＿＿

☞購買後☜

您滿意的部份：☐書名　☐封面　☐故事內容　☐版面編排　☐價格　☐贈品

（可複選）　☐其他

不滿意的部份：☐書名　☐封面　☐故事內容　☐版面編排　☐價格　☐贈品

（可複選）　☐其他

您對本書以及典藏閣的建議＿＿＿＿＿＿＿＿＿＿＿＿＿＿＿＿＿＿＿＿＿＿＿＿＿

＿＿＿＿＿＿＿＿＿＿＿＿＿＿＿＿＿＿＿＿＿＿＿＿＿＿＿＿＿＿＿＿＿＿＿＿＿

＿＿＿＿＿＿＿＿＿＿＿＿＿＿＿＿＿＿＿＿＿＿＿＿＿＿＿＿＿＿＿＿＿＿＿＿＿

✌未來您是否願意收到相關書訊？☐是　☐否

✍感謝您寶貴的意見✍

印刷品

請貼
3.5元
郵票

235 新北市中和區中山路二段366巷10號10樓

華文網出版集團 收

（典藏閣－不思議工作室）

甜心女仙我最優!!

竹某人◎著 MO子◎繪

芙蓉仙傳